噬血狂襲

STRIKE THE BLOOD

13

深淵薔薇

三雲岳斗

illustration マニャ子

Kadokawa Fantastic Novels

曉古城
「第四真祖」The Fourth Primogenitor
世界最強的「怠惰」吸血鬼

姬柊雪菜
「劍巫」Swords-Shaman
獅子王機關的嬌柔監視者

矢瀨基樹
「過度適應者」Hyper-Adapter
開朗的學友或者雙面小丑

藍羽淺蔥
「電子女帝」Cyber Empress
華麗任性的電腦天才女高中生

斐川志緒
「第二舞威媛」
Another Shamanic War Dancer
剛毅純情的降魔弓姬

羽波唯里
「第二劍巫」Another Swords - Shaman
純真規矩的銀劍巫女
煌坂紗矢華
「舞威媛」Shamanic War Dancer
優雅起舞的魔彈射手

Contents

三雲岳斗

illustration マニャ子

深淵薔薇

13

Kadokawa Fantastic Novels

序章 Intro

黎明前的幽幽曙光將天與海的界線逐漸染白。

煌坂紗矢華一面望著橫越於灰濛窗外的海平線，一面將腿在寬敞的浴池裡伸展開來。時間約莫過了早上五點半，溫度略高的熱水讓剛睡醒的身子感到暢快。

「嗯～～好棒的熱水澡。」

紗矢華一臉滿意地嘀咕，並且悠哉地趴到浴槽邊。

內燃機的振動微微傳到了她的臉上。由東京出航開往絃神島的大型客貨船正發出引擎聲。以乘客身分前往絃神島的紗矢華一早就在享受這艘船自豪的瞭望浴池。

「偶爾搭船旅行也不錯呢。好久沒睡飽了，景色又漂亮。」

紗矢華一邊在掌心裡把玩透明池水，一邊陶醉地喃喃自語。

航抵浮在東京南方海上三百三十公里處的人工島——絃神島大約需要十一個小時。

紗矢華是因為訂不到飛機才只好選擇搭船，不過環境比她想像的更舒服。泡在寬敞浴池裡欣賞黎明，是商務旅館的狹窄衛浴間絕對享受不到的景致。然而——

「假如這不是出來執行任務就好到沒話說了……」

講話音調變低的紗矢華讓身子沉進浴池裡。使喚人使喚得真狠呢——她無意識地冒出嘀咕。假期全因軟禁處分而泡湯的紗矢華被召回關東以後，都還沒空回去獅子王機關的總部，又獲命要執行新的任務。

結果目的地是「魔族特區」絃神島這一點勉強可稱為不幸中的大幸。絃神島上有紗矢華最要好的朋友姬柊雪菜。只要船隻照預定抵達，在任務開始以前，紗矢華或許可以把握時間找雪菜講話。

突然跑去見雪菜，她會不會嚇到呢──嘴邊露出笑意的紗矢華正準備想像跟情同姊妹的前室友重逢會是什麼場面。

然而，在紗矢華腦海裡第一個浮現的卻是某個時常掛著慵懶表情的少年身影。雪菜負責監視的世界最強吸血鬼，「第四真祖」曉古城──

「怎……不、不對……我、我才不在乎那個男的……！」

紗矢華臉紅得一邊抱著頭鬼叫一邊在浴池中打滾。從旁看來根本是個危險分子，不過幸好早晨的大浴堂裡客人並不多。

再說，在浴堂裡發出怪聲的不只紗矢華。

「唔～～！呀啊啊──！」

紗矢華背後的清洗區傳來了少女的尖叫聲。聲音的主人是看似十二三歲左右的嬌小少女。她那散發著鐵灰色光澤──形容起來頗不可思議的頭髮上滿是洗髮精泡沫。看來似乎是

頭髮洗到一半，洗髮精跑進眼睛讓她陷入了慌亂。

「啊，葛蓮姐……！等一下，洗髮精要沖乾淨才可以……！」

如此叫住少女的是個氣質有如模範生且手裡拿著蓮蓬頭的女生。以姊妹來說長得不像，要說是母親又太年輕。她應該和紗矢華同輩，而且紗矢華覺得對方怪眼熟的。

可是，紗矢華還沒想起對方的身分就瞠著眼睛愣住了。因為鐵灰色頭髮上沾滿泡沫的少女閉著眼睛朝她衝了過來。

「呀啊——！」

「不可以，葛蓮姐！停下來……！」

「咦……？什麼狀況……？咦！」

長相眼熟的少女拚命想攔住沾滿泡沫的少女。

緊急狀況來得突然，紗矢華在混亂間起身。要是沾滿泡沫的少女直接撞上浴池，最糟的情況下有可能會受重傷。得設法幫忙才行——紗矢華心裡急歸急，徹底放鬆的身軀卻反應不過來。

結果，紗矢華只能用一腳站在浴池裡的姿勢正面接住衝過來的少女。

「噗唔！」

衝撞的力道讓紗矢華噎了氣，並且整個人仰身跌進浴池裡。

大片水花濺起，淋在想換氣的紗矢華臉上。被水嗆到的她不禁猛咳。

另一方面，被稱作葛蓮妲的少女則「噗哈」地從水裡探出頭，露出鬆了口氣的表情。跌進浴池似乎讓她沖掉了洗髮精的泡泡。

「對、對不起！妳沒事吧……？有沒有受傷！」

扮演監護者的少女口氣慌張地問了紗矢華。紗矢華一邊撥開濕透的劉海，一邊賞了對方白眼。

「拜託，這樣哪有可能沒……咦？妳是……」

「煌坂……同學？」

看似害怕地望著紗矢華的人是羽波唯里——和紗矢華在獅子王機關屬於同屆的攻魔師。赤身裸體只圍浴巾的她愣著停住了。

「唯里！出什麼事了！葛蓮妲呢……！」

有個長得強悍的短髮少女追來找一臉愕然的唯里。她發現葛蓮妲開始在浴池裡游泳，就露出了疑惑的臉色，然後把視線轉向杵著不動的唯里。

「志、志緒？那個，事、事情是……」

莫名慌張地將手臂揮上揮下的唯里朝背後轉過身。她那舉動顯然有鬼，叫志緒的少女納悶地把眼睛瞇細一瞧——

「呃！」

「啊～～！」

志緒和紗矢華同時指著彼此喊了出來，全然不顧對旁人造成的困擾。

她們倆的反應正如唯里所料，讓唯里一個頭兩個大。

短髮少女——斐川志緒和紗矢華在過去也是同學，她是獅子王機關的攻魔師。然而要提到兩人關係是否融洽，就完全沒那回事了。她們的關係反倒要稱為天敵才對。因為志緒和紗矢華同為舞威媛候補生，成績更是勢均力敵，動不動就會卯上。

「煌坂為什麼會在這裡！」

「那是我要說的台詞耶！」

紗矢華和志緒光溜溜地用額頭抵著對方額頭互瞪。儘管兩人久未見面，卻沒有絲毫的和樂氣氛。困擾地挑眉的唯里拚命想替她們調停。

「……姐？」

葛蓮姐看著唯里她們幾個那樣，一臉覺得不可思議的樣子歪了頭。

紗矢華和志緒一塊坐在木製長椅上。

溫度計的針指著近九十度。這裡是設在大浴堂角落的蒸氣室內。

起了一點好奇心的紗矢華進去以後，跟恰巧在裡頭的志緒碰個正著，氣氛不知不覺就變成先出去的人輸。

兩人的肌膚已經汗濕，自以為傲氣十足的笑容都有些空虛。

「斐川志緒，妳打算留在這裡多久？」

紗矢華故作平靜地問。志緒面色不改，冷冷地側眼瞪著紗矢華說：

「我看妳早點離開才好吧？要是昏倒了，我也不會照顧妳喔。」

「誰會昏倒啊……！我跟妳可不一樣！」

「我倒可以再留個一小時。」

「像、像我就算留兩小時也輕輕鬆鬆……！」

「既然如此，要我留兩小時又五分鐘也行！」

「那我就留兩小時又六分鐘！」

「少騙人！」

「是妳自己先誇下海口的吧！」

紗矢華和志緒齜牙咧嘴的像小學男生一樣吵個不停。她們在高神之杜生活時，這樣的光景就已經上演過不曉得幾次了。

「話說，這艘船還沒到紘神島啊？」

紗矢華對無益的口角感到厭倦，就突兀地換了話題。她想到要是船即將抵達目的地，便可以當成離開蒸氣室的藉口。

「剛才廣播說過，因為起霧的關係會延誤抵達。」

志緒卻不以為意地如此回答。嘴脣緊繃的紗矢華「唔」了一聲，又說：

「是、是嗎……那正好……」

「就是啊。這樣我們待在蒸氣室就不用介意時間啦……」

逞強的志緒同樣板著臉孔。她明顯也撐到極限了。

凝重的沉默降臨蒸氣室。由於蒸熱的空氣會讓喉嚨發疼，都不能隨便嘆氣令人難過。

「她好黏妳們耶。」

紗矢華喃喃問志緒。她當然是在講那個叫葛蓮妲的少女。

「也是啦。」

志緒表情認真地點頭。

紗矢華也明白葛蓮妲並非普通人。畢竟就算是新人，她身邊一次就陪著兩個獅子王機關的攻魔師。

「她是什麼人？」

「為了調查這一點，我們正要把她送去絃神島。因為魔法及魔獸相關的檢驗機構，還是在『魔族特區』最雄厚。」

面對志緒缺乏抑揚頓挫的回答，紗矢華隨口應聲：「哦——」換句話說，志緒她們似乎也不清楚葛蓮妲的真實身分。

「話說，妳們兩個同時在當那個女生的護衛啊？」

「聖殲派的殘黨有可能對她不利。這也沒辦法吧？」

志緒大概是覺得被人瞧不起，回嘴時有些賭氣。

「況且葛蓮妲真正黏的只有唯里和第四真祖……」

「啥……！」

志緒無心間的一句話讓紗矢華明顯動搖了。

「妳說第四真祖……為什麼曉古城的名字會在這時候冒出來？」

「在神繩湖那起事件中，救了葛蓮妲的就是第四真祖。不對……那樣算葛蓮妲救了第四真祖嗎……？」

「那、那個男的在背地裡……都在搞些什麼啊……！」

紗矢華煩躁得忍不住亂抓用浴巾裹著的長長秀髮。

志緒則一臉納悶地望著那樣的紗矢華問：

「第四真祖的監視者是姬柊雪菜吧……？為什麼妳要在意他的動向？」

「因、因為……他最好不要害我的雪菜遭受危險啦！」

「喔……原來如此。」

志緒聽完紗矢華有一半是用來說服自己的回答，毫不懷疑就相信了。因為紗矢華溺愛年紀比她小的前室友這件事，志緒也心知肚明。

「對了，煌坂妳到紘神島有什麼事？」

「出任務啦，出任務。我要偵查ＭＡＲ的內情。」

聳肩的紗矢華立刻回答。雖然她不習慣和對方相處，但彼此同為獅子王機關的舞威媛，她認為就算把任務攤開來講也不至於出問題。

「ＭＡＲ？妳是說那間多國籍魔導企業？」

「沒錯，Magna Ataraxia Research公司。有跡象顯示ＭＡＲ運了怪東西到他們位於紘神島的研究所，我要去調查裡面是什麼。」

「偵查……妳辦得到那種事情嗎？」

「妳那是什麼意思！」

紗矢華瞪著一臉認真地反問的志緒吼了回去。獅子王機關的舞威媛是咒術及暗殺的專家。儘管現代少有執行暗殺的場面，然而活用暗殺者的技術保護重要人士或進行諜報活動依

然是舞威媛的重要任務。

不過，看似認真感到擔憂的志緒卻望著紗矢華說：

「呃，妳太顯眼了吧？」

「真不好意思喔，我就是塊頭大！」

太陽穴緊繃的紗矢華惡狠狠地嘀咕。有如時尚模特兒的高挑身材讓紗矢華私底下感到自卑，不過志緒看著的其實是紗矢華藏在浴巾底下的豐滿上圍。

「我不是在損妳。我覺得有點羨慕。」

「妳又不算小，不是嗎？」

沒注意到志緒視線的紗矢華不悅地咕噥。志緒的身高在一百六十公分左右，並沒有嬌小到需要羨慕紗矢華。

「妳是在挖苦我嗎？」

視線落在自己胸口的志緒語氣帶刺。她的身材跟前突後翹的紗矢華比都不用比，極度缺乏起伏。

「啥？說那什麼話，妳才在找碴吧？」

紗矢華正面接下志緒的攻擊性視線。滿頭大汗的兩人再次互瞪。

就在隨後，唯里打開蒸氣室的門跑了進來。她似乎不放心讓紗矢華兩人獨處，一直都在門外豎著耳朵聽。

「停下來，志緒！煌坂同學也是……不可以吵架！」

「姐？吵架？壞壞！」

跟唯里一起進來的葛蓮妲正亮著眼睛望向紗矢華她們。被她用那種眼神一看，紗矢華和志緒就沒有再繼續這場孩子氣的口角了。

「說是偵查，我也沒有要潛入研究所裡面，所以沒關係啦。人工島管理公社在程序上會給予協助，再說ＭＡＲ的絃神島研究所也有我的人脈。」

紗矢華不情願地又開始說明。志緒的臉色看起來有些意外。

「人脈？」

「曉古城的母親是ＭＡＲ的主任研究員喔。」

「咦……！」

志緒臉上難得顯露出動搖。

「妳說曉古城的母親……呃，就是牙城先生的太太嘍？妳認識他們嗎！」

「啥？牙城先生……？」

這次輪到紗矢華把頭歪一邊了。

從志緒的口氣聽來，牙城應該是曉古城的父親。不過，紗矢華不明白志緒為何要在意那樣的人物。

另一邊的唯里則似乎心裡有數地說：

「志緒……妳果然對他……」

「沒、沒有！不是啦！不是那樣……！」

志緒帶著前所未見的慌張臉色拚命搖頭。雖然在蒸氣室裡並不明顯，但是仔細看就會發現她已經臉紅到連耳根都紅通通了。

紗矢華暗想這下得把事情問個清楚才可以。當她正想舔嘴脣的瞬間——

船遭受了衝擊。

近似打雷的巨響，還有宛如被巨鎚搗中的沉沉震動。

客貨船的船體發出劇烈的吱嘎聲音，地板逐漸傾斜。

「這、這陣衝擊……是怎麼回事……！」

「觸礁嗎？怎麼可能在這種海域……？」

紗矢華和志緒互相點了頭，然後衝出蒸氣室。儘管她們依然全身是汗，但現在並非介意這些的時候。

「唯里～！船！好多！」

「嗯、嗯。對，對啊……」

葛蓮妲指著窗外嚷嚷。

唯里點頭回應她，並杵著不動。

拂曉後的海面被純白霧氣掩蓋了。霧氣濃得幾乎令眼前看不見東西，許多巨大的形影浮現在那片不自然的濃霧中。

那些是遇難的船隻。貨船、漁船乃至沿岸警備隊(Coast Guard)的巡邏船——為數眾多的漂流船隻都聚集在這塊海域。

載著紗矢華等人的客貨船似乎撞上了那些船之中的一艘。

「這算什麼啊……？」

船的墳場——紗矢華等人不知所措地望著只能如此形容的那幅光景。

隨後，告知緊急狀況的警鈴就在船內響起了。

✝

少女閉眼望著黎明時分的大海。

停泊於洋上的巨大遊船的瞭望甲板。早晨的風帶來些許濕氣，吹拂著她的秀髮。流瀉的晨曦照耀於金色髮絲，令頭髮如虹彩般隨著光線變化其色澤，彷彿搖曳的火焰——

「朝霞嗎……雖然讓人生厭，顏色倒是美麗。」

有個高挑俊美的青年出現在少女身旁，脣縫露出的白色獠牙顯示了他的真實身分。與遺忘戰王(Lost Warlord)血脈相連的「戰王領域」貴族——舊世代吸血鬼。

「蛇王，汝也來排解無聊嗎？」

少女頭都不回地問。

她面前的茶几上擺著玻璃製的成套西洋棋。盤上有疑似下到一半的棋局，棋盤對面的位子卻空著，看不見與少女對弈的人的身影。

「妳這是在自弈(étude)？」

「吾的對手已去。不得不如此。」

少女回答了青年的問題。她用細細指頭移動步兵(Pawn)，然後將那換成皇后(Queen)。

「是嗎？深淵之陷——要開始了嗎？」

青年靜靜地看向背後。浮在那裡的是巨大人工都市，「魔族特區」絃神島。

「然也。因為那些人至今仍在抵抗命運——」

少女答得像在歌唱，嗓音聽似毫無感情卻又十分哀傷。

「妳不用去嗎？」

「——吾身被分為十二的理由，汝可知曉？」

少女用冷冷的哀傷嗓音問。棋子再次移動。將軍（Check）——

嗯——吸血鬼青年仰望拂曉的天空，然後吐氣。

「真遺憾。」

露出猙獰表情的他笑了。接著，青年在嘴裡又一次嘀咕那句並沒有要讓誰聽的話——真可惜。

「因為我真的滿中意那個少年——」

第一章 特區封鎖

The Blockade

1

第三個鬧鐘開始響時，曉古城醒來了。

陽光透過窗簾熱辣辣地照在古城背上。明明是清晨，氣溫卻高得讓人冒汗，大氣濃密的程度使人聯想到盛夏。那是古城熟悉的紘神島空氣。

「天亮啦……總覺得都沒有休息到……可惡……」

古城在還有些朦朧的視野裡摸索，將鬧鐘一個個關掉。

他全身都像跑完整趟馬拉松的隔天一樣沉重，大概是疲勞累積所致。畢竟他大過年的就去了一趟日本本土，這會兒剛回來紘神島。

這段期間，古城莫名其妙地接連遭受南宮那月、獅子王機關的三聖與聖殲派恐怖分子襲擊，好幾次都差點沒命。雖然他勉強平安地活了下來，精神上的消耗卻難以恢復，明明剛放完寒假，疲勞度反而衝上高峰。古城拚了命抵抗想鑽回床上的慾望，並且一邊脫T恤一邊走到客廳。

客廳裡飄著剛沖好的咖啡香味。

一直開著的電視正在播放晨間新聞。凪沙用一副覺得不可思議的表情望著電視。她似乎換衣服換到一半，只穿內衣的她用手摸著摺好擱在腿上的制服。

「凪沙……？」

古城對從來沒這麼安靜的妹妹感到有異，忍不住喚了一聲。

她那平時綁得短短的頭髮在目前是放下來的。或許就是因為如此，氣質看起來跟平常有些不同。長髮在逆光照耀下散發著淡淡的金色光芒。

「啊，古城哥。早安——」

凪沙終於察覺到古城的動靜，便轉身露出了溫和笑容。

噢——含糊地點頭應聲的古城感到更加困惑，因為他所認識的妹妹並不是會微笑得如此空靈的女生。凪沙應該算天真浪漫或愛管閒事，而且既黏人又聒噪的那種類型。平常的她會在鬧鐘響起以前就掀掉毯子，然後將古城挖起床才對。

「那套制服怎麼了嗎？」

古城藏起困惑臉色，謹慎地向凪沙發問。

他懷疑凪沙是不是闖了什麼禍，所以心情正陷入低潮。

「不是的……沒有怎麼樣啦。」

然而，這麼回答的凪沙靜靜地瞇了眼睛。

心裡湧上既視感的古城因而屏息，因為妹妹寶貝地捧著國中部制服的模樣和另一個人的身影重疊了。那是如今已經不在的某個人——

「我只是有種幸福的感覺。今天起又可以在學校跟大家見面了。」

「呼嗯……」

故作平靜的古城更加淡然地應聲。

此時，凪沙回神似的眨了眨眼睛。她傻眼地瞪著打赤膊亂晃的古城。

「還有，古城哥，把衣服穿上去啦。光著身子在年輕女生面前晃來晃去是犯罪行為耶，有罪的喔！」

「我有穿短褲吧。而且我找不到制服襯衫啦。」

「襯衫在餐桌旁邊的椅子上，人家幫你用熨斗燙過了。」

「是喔。不好意思。」

「你真的很需要人照顧耶。去換衣服啦，快快快！」

「妳也一樣。」

凪沙終於恢復平時的調調，古城便鬆了口氣反駁她。一臉錯愕的凪沙納悶地發出聲音：

「咦……？」視線落到自己身上。

除了手裡拿的上下成套的制服以外，凪沙身上只穿著款式單純的白色內衣褲。終於察覺

這一點的她發出潰不成聲的尖叫，並且將身體縮成一團問：

「你、你看見了嗎！」

「咦……家裡的牛奶喝完了嗎？」

「居然沒反應！」

古城拿回制服襯衫，順便打開冰箱確認裡頭。無論怎麼想，療癒肚子餓與口渴都比親妹妹穿內衣的模樣更優先重要。

「唔～～牛奶啊，我剛才炒蛋用掉了！」

「是喔。回家時得買來補充才行。」

古城聽見妹妹嘛著嘴而又老實的回答，便失望地唸了一句。在放學回家路上採買生鮮食品，主要都是由古城負責。

「希望今天有進貨。」

凪沙一邊把手穿過制服袖子一邊擔心地說。

「啊……這麼說來，之前有發生貨船的事故對吧？」

「是啊是啊，最近發生過好多次耶。果然住在人工島碰到這種時候就會不方便。生鮮食品一下子就會缺貨，物價又比本土貴。」

「哎，反正又不是颱風季節，下一艘船立刻就會到了吧。」

古城回答得興趣缺缺。定期船停航或延誤，對浮在太平洋中央的絃神島而言算家常便飯。如果壞天氣持續得久，物流停擺近一個星期也不是什麼稀奇的事情。

「話是沒錯……」

「我回家時會跟姬柊多繞幾家店，假如有其他東西要買，妳就跟她說一聲。」

結果，冰箱裡只剩古城不敢喝的濃綠色蔬菜汁。煩惱到最後，他從裡面拿了紙盒包裝的蔬菜汁，然後板著臉將那灌進喉嚨，凪沙則默默地看著他。

「你今天……也會跟雪菜在一起啊？」

接著，凪沙自言自語似的咕噥。

「咦？」應聲的古城一邊擦著嘴角一邊回頭。單純是因為他的心思都放在蔬菜汁的味道上面，才沒有聽清楚。

不過，彷彿自己也吃了一驚的凪沙誇張地搖搖頭說：

「啊，沒事。對嘛，本來就是那樣。」

就是啊——古城連話題談到哪裡都不清楚就點頭了。

古城沒能在頭一個鬧鐘響的時候醒來，因此時間上不太有餘裕。他決定之後再談麻煩事，先來享用妹妹幫忙做的早餐。

「怎麼回事……？」

另一方面，凪沙則看著整裝得差不多並開始啃麵包的古城，不安地發出了嘆息。

「我……剛才是怎麼了……？」

古城還沒有察覺自己的妹妹為了確認心裡模糊的情愫，正捂著胸口嘀咕些什麼。

2

久久沒來的教室讓人有種亂冷清的印象。上課時間都快到了，卻有三成左右的學生還沒進教室，或許是放完假還沒收心就睡過頭了。早知道就悠哉地多睡一會兒了——古城一面羨慕別人，一面來到自己的座位。

「早啊，古城。好久不見……倒也沒多久就是了。」

座位在附近的藍羽淺蔥無精打采地出聲問候。

淺蔥那穿搭方式只差一點就違反校規的制服和亮麗髮型都一如往常。不過，目前她跟古城一樣，都有種已經累垮的感覺。她也受了發生在本土的魔獸風波牽連，才剛回到絃神島。

「早。總覺得好久沒看到妳穿制服。」

「你不要回憶那些亂七八糟的事情啦。給我忘掉！」

淺蔥齜牙咧嘴地瞪了古城。她臉上有一絲紅潤。被迫換上附名條的校用泳裝風格駕駛服似乎讓她留下了些許心靈創傷。

「早安，淺蔥。曉，你也早啊。」

發飆的淺蔥背後有個高挑穩重的女同學向兩人問候——在班上擔任股長的築島倫。在許多同學剛放完假都表情散漫的環境下，只有她還保有跟平時一樣的精明形象。

「嗯，阿倫……早安。」

「築島……」

「感覺你們兩個都很累耶。」

倫發現古城和淺蔥的口氣都黯黯淡淡，就納悶地挑了眉。

淺蔥則帶著無力的微笑搖頭。

「妳看了會這麼覺得？」

「因為我們才剛從本土回來……或許這就是原因吧。」

「咦？曉也去了本土？」

倫訝異地眨了眨眼。她眼裡浮現出好奇的光芒，還佩服似的盯著古城。

「淺蔥到前天為止也都在本土對不對？哎呀呀……你們兩個該不會……」

「沒什麼好哎呀的啦。那是碰巧，碰巧而已！」

淺蔥強烈反駁。語帶嘆息的古城也聳聳肩膀說：

「我只是去奶奶家接妹妹回來啦。」

「我是在都內買東西，跟我一起去的是『戰車手』。妳曉得吧，就是麗迪安・蒂諦葉。跟古城完全沒關係。」

「哦～～是喔。哎，姑且當作是這樣吧。」

倫露出賊賊的笑容回話，表情彷彿將女兒亂找的藉口輕鬆帶過的開明好媽媽。淺蔥鬧脾氣似的托著腮幫子說：

「哪有什麼姑不姑且，我講的就是事實啊。」

「不過，你也有跟淺蔥在那邊見面吧？」

「呃，那種情況下與其說是見面——」

倫忽然視線一轉，被問到的古城就反射性地答話了。

「白痴……！」

你幹嘛多嘴啊——淺蔥捂著眼睛仰天長嘆。倫呵呵地笑了出來。

隨後，有個脖子上掛著耳機的男同學看似沒睡飽地一邊揉著眼睛一邊進教室。那是矢瀨基樹。

「早安～～……你們幾個一大早的就在吵什麼啊？」

「沒事啦。」

淺蔥大概受不了更多奚落，便打算把矢瀨趕到一邊涼快去。矢瀨對童年玩伴待他的方式不以為意，跟著又說：

「哦～～……算啦。來，我從東京帶了土產，大家幫忙吃。」

話一講完，他就把疑似在機場店家買的點心紙袋擺到了古城等人面前。

「你也去了本土？」

淺蔥立刻撕開紙袋，從裡面拿出一塊巧克力甜點。

古城等人和矢瀨在新年參拜完就分開了，之後都沒有聯絡。矢瀨曾離開島上的消息對他們來說是頭一次聽見。

「哎，發生了不少事情……總之我累慘啦……」

矢瀨疲倦地趴到桌上，並且用微弱的聲音回話。

「不管怎樣，你們都平安回來就好啦。」

倫朝著古城等人看了一圈，替他們打氣。

什麼意思啊——古城聽完對方若有深意的那句話，不禁蹙了眉頭。

「對喔，感覺滿多人遲到的耶。」

「曉，你沒看今天早上的新聞嗎？」

倫露出感到有些意外的表情問。古城則搖頭坦承自己沒看。雖然凪沙難得開著電視這一點讓古城有點好奇，不過對幾乎睡過頭的他來說，今天早上並沒有空閒看新聞。

「預計會抵達絃神島的船從昨天就一艘也沒到啦，理由好像各有不同就是了。有的是船隻故障，有的是觸礁，還有船上發生食物中毒。」

「真的假的……」

古城聽完矢瀨簡略的說明，愕然地問了一聲。之前凪沙也有提過船難，然而古城實在沒想到事情有那麼嚴重。如此多的意外事故接連發生，以機率而言未免太巧了。

「對了，我用網購訂的東西也沒有送到，該不會就是那個害的吧？」

「應該沒錯喔。畢竟好像連飛機都一律停班了。妳買了什麼？」

倫朝著臉色不安的淺蔥問。

態度誇張得有如末日來臨般的淺蔥抱頭回答：

「布丁專賣店的新款甜點和電腦要加裝的量子奈米記憶體……唔唔～我的品嚐期限……我的精密零件……」

「那是什麼奇怪的搭配啊……哎，滿符合妳的風格就是了。」

像在抱怨白擔心了的倫發出嘆息。

「航空郵件停送，好像是因為從昨天就有亂流影響。」

矢瀨補充的口氣馬虎得像在談別人家的事。古城聽懂以後，便應聲：

「所以有些人才沒辦法回紘神島嗎？」

「來紘神島的班機一天也才三四班嘛。人工島在這種時候好不方便。」

淺蔥帶著有些微妙的沮喪表情說。船與飛機一起停班的結果，就是教室變得如此冷清。

「要是飛機早點停班，我也會輕鬆點耶……」

如此嘀咕的矢瀨不知道為什麼遙望遠方。雖然古城不清楚發生過什麼事，但矢瀨似乎在本土吃了不少苦。他嘴裡還不停嘀咕著：「ＭＡＲ……盜運……」

忽然間，矢瀨像被電到一樣猛然抬頭。

那模樣好比被大聲響嚇到的大型犬。矢瀨警戒地探望四周，並且默默地豎起耳朵。

「矢瀨？怎麼了嗎？」

「呃，沒有。沒事啦。」

矢瀨抬頭看向一臉狐疑的古城，一如往常地陪笑。可是，他的臉依舊緊繃。

「應該……沒事吧……？」

口氣欠缺把握的矢瀨自言自語，像在告訴他自己。

之後沒過多久，上課鐘就響了。

3

基於地盤強度的關係，紘神島這座人工島上並沒有所謂的超高層大廈。相對的，市區中心密集搭建了高度相仿的中高層大廈。

在那些大廈當中，某棟並不起眼的樸素建築物樓頂上，有個少女正俯臥於那裡。

身高不滿一百五十公分的嬌小少女，年紀大約十五六歲。身上穿的白襯衫和吊帶裙使她看起來也像就讀貴族名校的小學生。

少女的容貌年幼，而且懦弱。眼角稍微上揚的大眼睛可愛歸可愛，長相倒沒有格外醒目。只不過——長在頭部的大獸耳這一點除外。

「聽得見嗎，狄珊珀？」

少女對擺在地上的智慧型手機呼叫。

『這裡是狄珊珀。我聽得見，卡莉。』

智慧型手機立刻傳來回答，那是缺乏緊張感的溫吞語氣。那聲音讓少女露出了有些放心的表情。

「卡莉已經就位。視野射界沒有問題。」

『收到。載著目標的車輛正沿著人工島西區十四號大道往基石之門移動，三百秒以內就會抵達預計的地點喔。』

「我這邊已經能目視目標車輛。準備進行狙擊。」

自稱卡莉的獸耳少女起身，並且打開了放在手邊的盒子——用來裝大提琴的黑色搬運盒。不過盒子裡裝的並非樂器，而是軍用大型步槍，犢牛式的反物資狙擊槍。

『好好好。我把資料傳過去。』

「確認完畢。」

智慧型手機的畫面顯示了狄珊珀觀測的各項資訊。風向、風速、濕度、氣溫、空氣密度和目標所穿的服裝。

『卡莉，剩下的交給妳喔。照妳的判斷去做。』

「收到。感謝妳，狄珊珀。」

『不客氣。』

卡莉一邊聽著狄珊珀的開朗聲音，一邊擺出臥射姿勢。瞄準器當中可以看見高樓林立間的些微空隙，不過這對卡莉來說已經足夠。

瞄準器裡擷取的景象是高級飯店的入口。

卡莉靈敏過人的聽覺可以精確捕捉到轎車在九百公尺外移動的動靜。剎車磨擦聲；飯店門房腳步聲；黑色高級轎車在飯店前面停下來了。車門打開，坐在副駕駛席的第一個護衛下了車，然後坐在後座的第二個護衛也下來了，接著矮個子的老人在他們的包圍下走出車外。狙擊機會只在下車到進入建築物的短短幾公尺。

卡莉憑著銘記於身的感覺，修正風和空氣狀態導致的些許誤差。她靜靜扣下扳機。槍口制退器噴出氣體，五零口徑步槍彈特有的沉重後座力朝卡莉撲來。即使如此，卡莉仍冷靜地追尋子彈發射後的下落。

獸人種族特有的動態視力將狙擊目標的頭部如石榴般炸開的瞬間自始至終看了個仔細。

一切只發生在剎那間。全金屬彈頭載著殺意從九百公尺外的彼端飛來。狙擊目標應該到最後一刻都沒能理解自己身上出了什麼事。

「確認彈著。開始撤收。」

卡莉一邊將完成任務的步槍收進大提琴盒，一邊開口報告。

『了不起，卡莉。』

從智慧型手機的另一端傳來了狄珊珀的溫柔嗓音。對那句話感到自豪的卡莉微微搖頭。

「不會。感謝妳，狄珊珀。」

4

姬柊雪菜正在學生餐廳一角——採光良好的露台座席上，將午間套餐的漢堡排切成小塊。同班同學進藤美波、甲島櫻，還有曉凪沙也和她在一起。

彩海學園的餐廳在學生之間頗受好評，尤其午休時間一向都是人擠人。為了禮讓高中部學長姊，國中部學生平時不太會利用餐廳。然而唯獨這一天，連受歡迎的露台座席都明顯有空位，因此雪菜她們也能放寬心使用。這大概是船舶事故及飛機停班讓學校接連有人缺席的關係。

雪菜他們班也有六名學生請假，有一半的課程更因為老師不在只好自習。不過，讓雪菜等人從早上困惑到現在的，倒是另一個問題。

關於曉凪沙的事情。

「欸，雪菜。妳們在寒假時發生過什麼事嗎？」

綽號辛蒂的進藤美波一邊用餐叉在盤子上捲義大利麵一邊問了。感覺她的口氣有些不知所措。

「妳是指……？」

雪菜停下用餐的手反問。她本來就隱約知道辛蒂想問的事情，根本用不著說明。

「就那個嘛，妳看。」

「凪沙？」

正如雪菜所料，辛蒂用眼神示意坐在窗邊的凪沙臉龐。凪沙都沒有碰她應該愛吃的奶油可樂餅，只是呆望著中庭。

「總覺得那樣根本不像她吧。她看起來也不像身體不舒服就是了……」

「對啊。」

雪菜沉重地表示同意。凪沙平時就是多話，講的話比常人多三倍左右。雖然那種聒噪也是其魅力所在，不過正因如此，她一直沉默會讓人覺得特別不對勁，甚至令人懷疑：這會不會是有什麼壞事要發生的前兆？

「你們寒假去了一趟本土對吧？」

櫻望著雪菜淡然問道。

「嗯。凪沙是去找她的奶奶。」

「凪沙是去找奶奶……？這樣啊，那妳跟曉學長呢？」

「我們是去——」

櫻問起問題簡直像個面試官，讓雪菜不由得說溜嘴。哦——辛蒂興致濃厚地挺出身子。

「你們都在做什麼啊？」

「呃，凪沙的爸爸和奶奶在本土受了傷，所以我就跟學長一起去接凪沙——」

為了避免招來不必要的誤會，雪菜慎重地說起藉口。儘管事情的時間順序多少有誤，她講的大致上仍是事實。

「啊，我明白了。這樣啊，你們大過年的就好辛苦。」

辛蒂關心地說。她屬於意外貼心的那種女生。

「難道凪沙就是因為那樣才變得消沉？」

「不會耶。我想沒有那種事。」

雪菜微微搖頭。畢竟曉緋沙乃已經出院，曉牙城也精神充足得不像個重傷患者，昨天晚上醫院似乎還抱怨要他別對護士性騷擾。雪菜不覺得凪沙有必要為他們擔心到意志消沉。

「說人人到。」

櫻突然開口點明。她望著學生餐廳的自動販賣機區域，曉古城和藍羽淺蔥兩個人正站在一起買東西。

「啊，是曉學長。藍羽學姊也和他一起啊……他們還是這麼要好。哎，雖然感覺很登對就是了。」

辛蒂有些羨慕地說。

古城他們爭論葡萄和柳橙口味碳酸飲料哪種才好喝的模樣，即使恭維也說不上有曖昧關係，不過遠遠看去倒也算恩愛。

對那一幕感到些許心悸的雪菜緊緊閉上嘴唇。

在這樣的雪菜旁邊傳出了令人不安的「啪嘎」聲響。

「……啪嘎？」

宛如把東西折斷的破壞聲響讓辛蒂回頭看了雪菜。

不是我不是我——雪菜連忙搖頭。雖然雪菜確實覺得不是滋味，不過她什麼也沒做。面無表情地在手裡把免洗筷折斷的，是更令人意外的人物。

之前凪沙應該都茫然地望著外面，現在卻望著古城他們，咬緊了嘴唇。

眼淚撲簌簌地從她睜大的眼睛盈落。

「凪沙……？」

「凪、凪沙？妳怎麼了嗎？」

動搖的是雪菜等人。即使凪沙從今天早上就不太對勁，但她們也實在沒想到凪沙會因為這種事情哭出來。

雪菜等人不明白原因何在，就變得更加困惑了。

凪沙和古城算是感情比較好的兄妹。但就算如此，感覺凪沙也不會對淺蔥感到嫉妒。她和淺蔥十分親暱，還把淺蔥當親姊姊一樣尊敬。

「咦？奇怪……我是怎麼了……」

凪沙看著掉下來的眼淚，說得彷彿自己也感到吃驚。她似乎也無法理解自己為何掉淚。

「沒事吧？」

櫻遞出手帕問道。

借了手帕的凪沙一邊擦拭淚濕的臉頰，一邊軟軟地「嘿嘿」笑了。

「嗯，當然沒事嘍。不過抱歉，我先回教室了。」

凪沙端著幾乎沒碰過的餐盤走向學生餐廳的出口。

辛蒂急著想追過去，不過中途似乎又變卦而坐了下來。她大概認為目前先讓凪沙靜一靜會比較好。

「她真的沒事嗎……？」

即使如此，辛蒂仍不安地嘀咕。櫻則望著之前古城和淺蔥所在的自動販賣機區說：

「吃醋？」

「哪有可能。」

不可能到現在才吃醋吧——辛蒂說著將雙手一攤。櫻也點頭認同：「對呀。」古城和淺蔥在一起並不是這陣子才發生的事，見怪不怪的她們幾乎都懶得奚落了。

可是為什麼凪沙會受到刺激——在歪頭思考的兩人旁邊，只有雪菜露出了嚴肅的臉色。

「剛才……她該不會……」

雪菜不禁嘀咕並且站起來。結果她被人從背後用力拉住了。雪菜回頭一看，就發現辛蒂和櫻分別抓著她的制服袖子。

「喂喂喂，妳不可以追過去啦。」

辛蒂說完就對雪菜眨了眨眼。雪菜一臉傻愣愣地問：

「咦？」

「萬一凪沙真的在吃醋，妳去了會讓事情複雜化。」櫻表示。

「不……不是的。不是那樣……」

我對凪沙出現異變的原因心裡有數——差點脫口反駁的雪菜把話吞了回去。隱藏在凪沙體內的祕密並不能隨便對外透露。

「我們會幫忙緩頰啦。這裡就交給我們。」

「總之，麻煩妳幫忙把這些拿去還。」

辛蒂和櫻把吃完的餐具交給雪菜，然後離開學生餐廳。

雪菜目送兩人的背影，深深地嘆了口氣。

曉凪沙體內有「第十二號奧蘿菈」——以往的第四真祖之魂沉睡著。那已在幾天前的神繩湖風波得到證明。

凪沙恐怕對這一點還沒有自覺。可是，假如奧蘿菈的靈魂會影響宿主，凪沙目前不安定的精神狀態就能得到解釋。

那也表示奧蘿菈的靈魂開始侵蝕凪沙的人格了。雪菜在憂懼：她們目前所處的狀態是不是比想像中還要危險？

該怎麼辦才好？雪菜再煩惱，自然也想不出答案。

這件事不能找古城商量。他應該失去了大部分關於奧蘿菈的記憶，而且得知凪沙的危機更會讓他苦上加苦。但雪菜也在猶豫要不要向獅子王機關報告。因為打算利用奧蘿菈而導致凪沙遭到侵蝕的不是別人，正是獅子王機關。

處於半恍惚狀態的雪菜搖搖晃晃地起來收拾餐具，打算離開學生餐廳。有道身影毫無預兆地擋到了她的面前。

那是穿著如西洋人偶般豪華禮服的嬌小女性。

「原來妳在這裡，轉學生。」

「南宮老師……？」

「抱歉，我有事找妳商量。能不能陪我一下？」

那月什麼開場白也沒說，自顧自地講了自身的來意。這對一向散發出從容氣息的她來說實屬罕見，讓雪菜感到疑惑。

「商量……嗎？可是……」

臉上顯露戒心的雪菜答得含糊其辭。國家攻魔官隸屬警察廳，基本上和生意對手獅子王機關的關係並不好。身為國家攻魔官的那月會向雪菜求助，狀況顯然有異。雪菜有相當不好的預感。

然而，那月似乎早料到雪菜會有這種退縮的反應，壞心眼地微笑著說：

「假如妳不乖乖聽話，我就要哭了喔。」

「什、什麼？」

那月當著眼睛直打轉的雪菜面前，用雙手捂住了眼睛。她一邊「唔哇～～」地發出缺乏抑揚頓挫的哭聲，一邊刻意顫抖肩膀。雖然不管怎麼看都像演的，但旁人並不會看出那月是在假哭，簡直像雪菜正在欺負那月的光景。

雪菜感受到周圍視線聚集過來的物理性壓力。那月就算沒裝哭，也還是醒目得很。國中部的轉學生把外表像幼童的女老師惹哭了——如此狀況不可能不惹來注目。

「那、那個……我明白了！我明白老師的意思了……！」

雪菜忍不住這樣大叫。要是她在學校鬧出更多奇奇怪怪的八卦，最糟的情況下難保不會妨礙到監視第四真祖的任務。

「那我們走吧。」

一下子就停止裝哭的那月面無表情地抬頭看著杵在原地的雪菜說道。

雪菜一邊懷著想哭的心情嘆氣，一邊蹣跚地跟在那月後面。

5

狄珊珀騎的白色速克達正跑在大廈間的狹窄巷道。

在以電動馬達驅動車為主流的絃神島上，靠汽油引擎跑的舊式速克達幾乎形同骨董。噗嚕嚕的呆呆引擎聲與排出的白色廢氣，從負面意義來說都相當醒目。

狄珊珀配合引擎的震動，正在哼唱古老的童謠。

她是個容貌年幼的異國少女。雖然穿著橡膠厚底鞋，身高應該仍然不滿一百六十公分。服裝則是穿久的棒球外套搭配單寧迷你裙。頭上戴了半罩式安全帽，還戴著泳鏡般的防風護目鏡。

不久，狄珊珀便讓速克達減速，將其停在老舊分租大樓的停車場。

那是一棟破舊到等待拆除的廢棄大樓。住戶早已完成遷出，空無一人的建築被擱置於此。然而狄珊珀繞到了大樓用地的後面，然後從逃生梯進入建築物。理應沒人在的大樓裡有些許人的動靜。

「我回來了，洛基。」

爬上狹窄樓梯的狄珊珀開口呼喚。

躺在沙發上的人影對呼喚聲起了反應。那是瘦弱身軀穿著附有無數釦環的外套，容貌中性俊秀的少年。左右完全對稱的人工面孔；理應不存在於自然界的藍色髮絲。這幾項外表的特徵顯示了他的身分。

藉由鍊金術與科學創造出來的人工生命體——Homunculus。

「妳去買東西吃嗎，狄珊珀？」

被稱為洛基的少年拋下讀到一半的雜誌問了。他傻眼地望著狄珊珀手上提的購物袋。

「因為妳回來晚了，我還擔心出了什麼事情……結果妳又那樣亂花錢，就算老師生氣我也不管喔。」

「我無論如何都想要季節限定版的元月貓又又嘛。」

狄珊珀說完就拿起了吊在鑰匙圈上的吉祥物玩偶給洛基看。為了把看上眼的玩偶弄到手，她似乎把便利商店的零食都買回來了。

「對了，洛基，重複的獎品送給你。」

「不用了。」

洛基冷冷地告訴把大量玩偶遞過來的狄珊珀。

「不講這些了。卡莉呢？」

「她已經將第二目標除掉了。會在下一個祕密基地跟我們會合。」

「哦～～……狙擊有成功啊。」

「不愧是我的卡莉，都按照計畫走。」

狄珊珀看洛基安心地嘀咕，就露出了自豪的微笑。

她悠哉的口氣讓洛基無奈地搖搖頭。

「戒備差不多要變嚴了。情報封鎖應該也已經瀕臨極限。」

「對啊。」

狄珊珀點頭。

從第一次狙擊經過了接近半天的時間，目前事件仍沒有被報導出來。恐怕是人工島管理公社在背地攔阻，才沒讓情報擴散出去。然而，已經有兩個紘神市的重要人物在光天化日下遇刺，祕密並不可能永遠藏得住。

「接著就是重頭戲嘍，沒問題吧？」

「妳在對誰說話？」

洛基瞪著開口關心的狄珊珀，看似不滿地將嘴巴撇一邊。他隨意張開的掌心裡有青藍炎光幽幽搖曳著。

狄珊珀開朗地露出微笑，朝洛基的頭髮摸了一把。

「我當然信任你嘍，洛基。我最喜歡你了。」

「好好好。」

雖然洛基嫌煩似的扭身，但他沒有硬是將狄珊珀的手撥開。

大概是狄珊珀他們的聲音被聽見了，內側房門被打開，新的人影出現。

那是個五官還算端正，臉上卻沒有表情且眼神凶狠的少女。她的脖子上圍了長長圍巾，身上則穿著寬鬆厚大衣。

「妳回來了，狄珊珀。」

少女一邊吃著杯裝冰淇淋，一邊用缺乏情緒起伏的嗓音問候。狄珊珀似乎被少女嚇到了，望著她說：

「菈恩！那是我的冰淇淋！」

「我怕它融掉就拿來吃了。」

被稱作菈恩的少女答得毫不愧疚。狄珊珀像是受了嚴重打擊，雙腿一軟跪到地上說：

「嗚嗚……露露家珍貴的季節限定口味……」

「好吃。不過我比較喜歡焦糖口味。」

菈恩說完就把吃光的冰淇淋杯扔到用來當垃圾桶的紙箱裡。

狄珊珀像孩子一樣鼓起臉頰，用幽怨的目光看向菈恩，菈恩卻面不改色。狄珊珀認輸似的嘆氣說：

「……薔薇準備好了嗎？」

「準備好啦。就只剩等時間來臨。」

「是嗎？辛苦了。」

狄珊珀淡然地說。

於是，菈恩的語氣變得有一絲不滿。

「妳不誇獎我嗎？」

「冰淇淋被吃的恨比海更深喔。」

「…………」

菈恩面無表情地望著用使壞語氣回答的狄珊珀。明明她的臉色幾乎沒有改變，那模樣卻有種小狗遭到遺棄般的落寞氣息。

狄珊珀大概是對菈恩那副模樣感到不忍心——

「騙妳的啦。菈恩，我最喜歡妳了。」

就如此大喊並把她用力抱到懷裡。

「好難受。」

被人用蠻力抱住的菈恩不帶感情地發出呻吟，狄珊珀卻不放開她。儘管洛基對她們那嬉鬧的模樣無視了一會兒——

「時間到嘍，狄珊珀。」

忽然開口的他無聲無息地在短瞬間起身。呿——狄珊珀看了戴在手腕上的男錶，便看似不捨地放開了菈恩。

「沒辦法。那麼，洛基開始行動。菈恩先去和卡莉會合。」

「狄珊珀呢？」

菈恩短短問了一句。狄珊珀微笑著指了人工生命體少年說：

「我當洛基的後援。」

「不需要。」

洛基隨即回答，態度宛如反抗多事姊姊的囂張弟弟。

狄珊珀卻沒有氣餒。

「我不會出手啊。我只負責把風。」

「那就更不需要妳了。」

「為什麼嘛！」

「因為會礙事。」

「洛基好壞心！」

狄珊珀像個孩子似的跺腳鬧脾氣。洛基無奈地搖了搖頭。

「隨妳高興。」

6

曉古城正坐在學生指導室的沙發上和南宮那月面對面。

旁邊還有剛被帶來的雪菜身影。

桌上擺著看似昂貴的茶杯，擔任那月助手的人工生命體少女——亞絲塔露蒂所沖的紅茶正散發出高雅香味。

悠然翹腿的那月打開了蕾絲扇子。

「——所以說，這道鎖鏈到底是怎樣……？」

古城則用白眼瞪著那月，低聲提出質疑。

古城的雙手雙腳都被金色鎖鏈綁著，處於幾乎無法動彈的狀態。那月帶著雪菜在古城面前現身以後，立刻就把他五花大綁，硬是將人帶到了這個房間。

「因為我好聲好氣找你說話，你卻動不動就想逃。」

那月對古城所用的口氣簡直就是認定了：錯在你身上。

形式上變成助紂為虐的雪菜露出難以形容的尷尬表情，當著古城面前轉開了視線。

古城不滿地撇嘴，然後語帶嘆息地望著那月她們說：

「看到那月美眉和姬柊一起來追我，正常來講就算不曉得理由也會逃吧。反正肯定不會是什麼好事。再說元旦才發生過那種風波。」

「學、學長把我當南宮老師一樣對待嗎……？」

古城老實的發言讓雪菜露出了受傷的表情。

另一邊的那月則擺出裝蒜的表情啜飲紅茶，並且回答：

「元旦？你在說哪回事？」

「哎，妳想當沒發生過就當沒發生過好了。」

那月敢於將事情撇得一乾二淨的德性，使得古城放棄繼續反駁。態度從容得簡直令人想不到她和幾天前才襲擊過古城的凶手是同一人物。反過來說，這大概表示在元旦和古城等人交手的那月根本沒認真。

「不講那些了，進入正題。亞絲塔露蒂，把資料拿出來。」

「命令領受(Accept)——」

身穿女僕裝的人工生命體在桌上將成疊列印紙攤開了。

發生觸礁或衝撞事故的船隻照片；損害狀況的報告書；整理其內容列出的一覽表。全是發生在絃神島周圍的船舶事故資料。文件似乎是亞絲塔露蒂製作的。

「這是昨天那場海難嗎？就是讓開往絃神島的船停航的那起事故。」

被鎖鏈綁著手腳的古城問道。他從倫那裡聽說過，不過實際看到資料亮出來，更能明白事故有多嚴重。

然而，亞絲塔露蒂望著表情安分的古城，搖了搖頭。

「我表示否定(Negative)。這些是今天到中午為止的事故報告書。」

「今天到中午為止……等等，光今天就這麼多件嗎！」

古城望著堆疊起來的列印紙厚度，這才訝異得說不出話。雪菜也愣然地吞了口氣。

「光是呈報上來的事故總數就有二十一件。機械或電子設備失靈造成的漂流有七件；衝撞及觸礁有四件；船員傷病兩件；其他八件——」

亞絲塔露蒂用辦公的語氣做了補充。然而，用不著聽她說明具體內容也可以知道這樣的數字顯然有異，無法用單純巧合一筆帶過。

「這是事故的發生地點。你怎麼看？」

那月在桌上攤開地圖。用紅墨水打叉的記號大概代表了各事故發生的現場。以絃神島為中心的事故隨機發生於廣大範圍內。

「問我怎麼看……事故現場滿分散的嘛。」

「沒錯。受害的船隻沒有什麼共通點，從沿岸警備隊的巡邏船到漁船都有，種類雜七雜八。雖然報告數字裡沒有算到，不過似乎也有幾艘外籍走私船在漂流的過程中被逮住了。」

那月意興闌珊地說。

「如果硬要舉出共通點，頂多只有遇上事故的船全都開往絃神島這一點。而且它們全都沒有抵達就折回本土了。」

「從絃神島開出去的船沒事嗎？」

古城一臉疑惑地反問。儘管發生這麼多事故，從絃神島離開的船卻完全沒受害——會有這種事情嗎？他感到不可思議。

「並無災情。飛機也一樣。多虧如此，島內的港口和機場都空蕩蕩的，因為船和飛機都有去無回。」

「演變成這種地步了啊……」

古城理解到事態有多嚴重，聲音因而發抖。

假如是只針對接近絃神島的船或飛機所引發的事故，那顯然是人為的「攻擊」。犯人的目的恐怕是要截斷運輸路線，讓絃神島孤立。

絃神島屬於人工島，大半生活物資都得仰賴本土運送。補給路線一斷，「魔族特區」的存續就有危機。

「我總算明白南宮老師綁住曉學長的理由了。」

雪菜看著綑住古城的鎖鏈說道。

哦——那月有興趣似的揚起一邊眉毛。

「老師懷疑這場異變是出自曉學長之手，對不對？」

「哎，就是這麼回事。」

「……啥？我害的？為什麼妳們會這樣想？」

古城擺著一副呆臉看向那月。就算這條金鎖鏈不是單純用來找古城麻煩，也不表示他能接受自己被綁的理由。

「把接近絃神島的船統統趕出去對我有什麼好處啦？」

「我就是為了查明這一點才把你五花大綁。」

「根本是違法調查嘛！太蠻橫了吧！」

「不過，這起事件很可能是透過魔法結界引發的。」

雪菜語氣認真地說。

「話是這樣說沒錯啦。」古城也表示認同。

假如受害的船隻只有一兩艘，也有可能是佯裝成事故的人為破壞。然而這次的受害案例實在太多，想成有針對前往絃神島的船或飛機發動的詛咒，或者類似用來攻擊入侵者的結界應該比較合理。

這種情況下，問題便在於結界的有效範圍。

以絃神島為中心，發生船舶事故的海域半徑廣達一百公里以上。光看其面積，規模就足以籠罩住整塊首都圈。

「頂多只有吸血鬼真祖供給的魔力才能布下如此廣闊的結界。我本來以為只要逮到你，事情就可以解決。傷腦筋，看來期望落空了。」

「事情麻煩了呢。」

那月和雪菜側眼望著古城，並且失望似的發出嘆息。

古城無所適從地瞪著她們倆說：

「為什麼扯到後來好像錯全在無辜的我身上……？還有，這條鎖鏈用不到了吧？該解開了啦！」

「那麼，假設原因並非出於曉古城——」

「我說過不是我了啦。」

那月無視頗不耐煩地嘀咕的古城，並且把視線轉向雪菜。

「讓我聽聽專門對付魔導恐怖攻擊的獅子王機關有何意見吧。什麼咒術能布下這等規模的結界，妳心裡有底嗎？」

「我不清楚……不過，以可能性來說，我想應該是風水術。」

雪菜稍微思考過才低聲回答。那月則恍然大悟似的停下動作。

「妳說風水？這樣啊，奇門遁甲嗎……！」

「是的。」

「奇門……？」

古城一臉納悶地看著那月動搖的模樣。

「妳們提到的風水，簡單說就是占卜吧？那種靠擺飾或更換錢包顏色來提升財運的伎倆……跟這次事故有關係嗎？」

古城對咒術陌生歸陌生，也還是曉得風水這個名詞。像機場商店就擺了「魔族特區」知名的改運精品，市面上也有供手機用的相關小程式才對。

「不……風水術源自於式占，它既為占卜，同時也是大規模的咒術。」

雪菜代替保持沉默的那月回答。

「其中被當成兵法而尤其發達的叫作法奇門——那是用於司掌天候及士兵生死的大規模軍事術式。」

「軍事術式……？」

「是的。因為氣象條件、戰場地形、士兵們的士氣與身體狀況都是重要的戰術要素。即使到了現代，全世界的軍事組織仍大規模地研究能自在操控那些的風水術。」

「真的假的……」

古城被雪菜的說明搞糊塗了。假如風水術具備那種力量，確實有可能引發這次的船舶事故。有軍事組織對其進行研究，在道理上也可以理解。

可是，那樣厲害的術式被用來對付絃神島，不就表示絃神島遭受軍事攻擊了嗎——

「原來如此。只要利用流經附近海域的龍脈，要用八卦陣蓋住整座絃神島並非不可能的事嗎？」

那月把空茶杯擺到桌上。雪菜則含糊地點頭回答：

「是的。不過，還無法確定是不是真的有施術者可以神不知鬼不覺地掌控規模這麼大的陣法——」

「深淵之陷。」

那月開口打斷雪菜。

「咦？」

「我只知道過去有一件類似的案例。歐洲『伊魯瓦斯魔族特區』瓦解事件——主謀者之一應該就是被譽為天才的風水術士。」

「伊魯瓦斯……？」

在什麼地方啊——古城反問。他頭一次耳聞這樣的地名。

彷彿正在回溯記憶的雪菜將手指湊到太陽穴說：

「老師是說六年前發生事故而被放棄的大西洋『魔族特區』對不對？那不是起因於都市裡的發電廠年久失修，加上暴風雨帶來洪水才造成的嗎？」

「表面上是那麼回事。」

那月聽了雪菜的問題，緩緩搖頭。

「然而，事實並非如此。那是人為的破壞行動。那座都市是被摧毀的，由深淵之陷下的手。」

「妳說的深淵之陷……是什麼？」

「一群拆解者，受僱代人發動魔導恐怖攻擊的破壞集團。至少他們本身是這樣宣稱，進一步的內情我也不曉得。這一類的情資應該是獅子王機關比較清楚吧？」

被那月點破的雪菜沉默了。

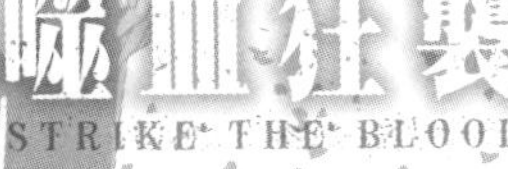

雪菜不過是組織的末端人員，深淵之陷的組織情資八成沒有轉達給她。反過來說，這代表連獅子王機關也沒料到紘神島目前的狀況。

「不過六年前的事，也算最近才發生的吧──」

古城偏著頭嘀咕。

放眼全球，被稱作「魔族特區」的都市並不多。既然其中一座遭到了摧毀，當時應該鬧得相當大。可是古城卻不曉得有這件事。

「發生過那種事啊？我完全沒印象耶……」

「當然了。包含日本政府在內的所有國際機構都拚命將那件事壓下去了。」

那月爽快地說出問題的答案。

「事情被壓下去了？」

「一座都市就這麼被名不見經傳的小型犯罪組織毀了。情報要是流傳出去，全世界都會陷入恐慌，尤其是和伊魯瓦斯同屬『魔族特區』的地方。」

「所以就對外放了假消息……？事情可以那樣處理嗎？」

古城的眼神變得嚴肅。掩滅一座都市被毀滅的真相──假如能辦到這種事，感覺對外公開的消息根本就沒有任何可信度了。

人們連得知真相的機會也沒有，都市就此毀滅，事件被當成沒發生過。而且引發破壞的那些犯人目前仍逍遙法外。

然而，看似想表示「那是例外」的那月望著古城說：

「畢竟知道真相的人剛好不多。連那些存活下來的伊魯瓦斯居民也幾乎都不明白自己遭遇了什麼事才對。」

「所以說，這次有人委託了那群拆解者來摧毀絃神島嗎……？」

「我只是談到有那種可能性。況且，深淵之陷那幫人用來毀滅伊魯瓦斯的手法也還沒有解開。」

那月語氣冷靜地說道。

「不過在伊魯瓦斯瓦解前夕，周遭海域曾留下多起不自然事故發生的紀錄。說起來，狀況與現在的絃神島相當類似。」

「南宮老師，妳曉得深淵之陷組織中的那個風水術士的底細嗎？」

雪菜似乎從那月的口氣中聽出了什麼，就開門見山地提問。

哼——聽得見那月不悅地如此吐氣的動靜。

「千賀毅人——目前年紀應該在四十歲左右吧。他是世界首屈一指的法奇門術師，也曾被歐洲紐斯特里亞聘為軍事顧問。」

「只要揪出那傢伙，就可以破那什麼八卦陣了嗎？」

古城用懷有期待的臉色向那月確認。雖然他對那月似乎了解千賀這名男子以往經歷的態度感到好奇，卻刻意裝成沒發覺。

「理論上是這樣。假如這真的是深淵之陷搞的鬼。」

那月說完就把臉轉向守在她背後的人工生命體少女。

「亞絲塔露蒂，聯絡特區警備隊。動員島上所有監視網把千賀毅人找出來。這是第一要務。」

「命令領受。」

亞絲塔露蒂一邊拿出專用的通訊裝置一邊面無表情地回話。

那月確認亞絲塔露蒂領命以後，便靠著沙發優雅地彈響手指。桌上的空間像漣漪一樣晃動，滿載豪華甜點的三層蛋糕架冒了出來。

「我特別用茶點招待妳，姬柊雪菜。畢竟大陸系統的咒術實在超出我的專業範圍。妳的意見可做為參考。」

「不，我什麼也沒幫上忙。」

那月意外的款待反而讓雪菜畏懼似的搖了頭。

然後那月將她有如美麗寶石的眼睛轉向古城，並且交代：

「先講清楚，你別多管閒事來干涉，曉古城。」

「就算妳求我，我也不會出手啦。」

古城用嘔氣似的口吻回答。縱使千賀毅人是風水術士，肉體本身應該仍與常人無異。要對付那種敵人，古城的力量就派不上用場。第四真祖身為世界最強吸血鬼，其強大過頭的眷獸並不能拿來對人類開刀。

「不說這些了，妳總可以處理一下這條鎖鏈了吧？」

古城舉起依然被金色鎖鍊捆著的雙手，並且不滿地瞪著那月。

那月嫌煩似的看著古城說：

「受不了你，真會讓人操心。」

「是妳害的吧！」

當古城接近抓狂地扯開嗓門時，正在操作通訊裝置的亞絲塔露蒂靜靜地叫了那月。

「教官（Master）。」

「怎麼了，亞絲塔露蒂？」

那月的眼神變得銳利。亞絲塔露蒂則淡然地用機械性口氣告訴她：

「特區警備隊本部傳來了緊急聯絡。隸屬於人工島管理公社的所有攻魔師進入乙種警戒態勢（Code Orange）。」

「妳是說乙種嗎……！」

那月接下亞絲塔露蒂遞過來的通訊裝置，並發出短短的驚呼。

她那不尋常的反應令古城和雪菜面面相覷。

「怎麼了？有什麼不妙的狀況嗎，那月美眉？」

「方才有兩名人工島管理公社的上級理事遭到了狙擊。」

「……狙擊？」

古城茫然地將缺乏現實感的字眼重複講了一遍。

絃神島發生暗殺事件了，遭到槍擊的是人工島管理公社的理事。這與目前封鎖絃神島的風水術結界並非毫無關聯才對。

先讓物流停擺，再除去負責應變的公社幹部——

摧毀絃神島的布局正精確地一步步就位。

「目的在於攪亂公社的指揮系統嗎……看來可以確定了。這是衝著『魔族特區』來的恐怖攻擊，有人打算摧毀絃神島。」

那月理應年幼而咬字不清的嗓音沉沉地迴響於古城的胸口。

「深淵之陷……！」

從古城咬緊的牙關間冒出了無意識的嘀咕。

7

人工島管理公社的辦公室籠罩著異樣氣氛。

船舶及飛航事故的報告接連不斷地增加；物流停擺及其引起的經濟損失；再加上兩名上級理事的死亡——可謂前所未見的危機局面。連絃神市內觀測到邪神出現或魔力消失的時候，公社也沒有忙亂成這樣。

在公社各部門的機能陸續陷入失靈的情況下，直屬理事會的都市管理室長矢瀨幾磨正為了應對風波而忙得焦頭爛額。

「對了，趕快過濾出狙擊位置和狙擊手，派遣護衛部隊到所有上級理事身邊。考量到行程有可能已經外洩，要重整警戒態勢。」

幾磨一邊過目接連堆積的報告書一邊對部下們做出指示。

他和他的部下們從昨晚就絲毫沒睡，一直在為收拾事態奔波。即使如此，狀況仍一路惡化，他們只能坐視都市的災情在不明原因下連鎖擴大。

「室長，航空局捎來消息。在下午一點的現在，新發生的飛航事故有六件，船舶事故同樣數量眾多，目前正在統計精確數字。」

「是嗎？到這種地步實在沒有懷疑的餘地了。」

幾磨聽完藍髮祕書的報告以後便癱在椅子上閉了眼睛。

祕書則一邊在他面前擺了杯咖啡一邊進行確認。

「你是指……大規模魔導恐怖攻擊？」

「攻魔局有何見解？」

幾磨沒回答女祕書的問題，而是反問回去。身為人工生命體的祕書並沒有壞了心情的樣子，立刻就給予回答：

「目前他們已派了由四名國家攻魔官組成的偵察組到事故海域，正在進行調查。」

「頭一起事故發生後已經過了四十八小時以上，還在這種階段啊。始終晚人一步。」

「是的。」

祕書面不改色地點頭。

幾磨一臉不悅地沉默下來。遇刺的兩名上級理事在人工島分別是掌管治安維護及管理登錄魔族的人物。缺了他們兩人，人工島管理公社所擁有的最大戰力——特區警備隊的指揮系統就亂了套。這恐怕就是行凶者針對兩人下手的理由。

倘若如此，暗殺重要人員及封鎖物流應該只是行凶者計畫中的一部分。

他們的行動另有目的，更凶惡殘忍的目的。即使幾磨明白這一點也無法有所作為。主導權徹底被搶走了。行凶者精準地戳中了人工島管理公社——也就是「魔族特區」的要害。

「還真是兵荒馬亂啊，室長。」

從理事休息室走出來的和服男子望著驚慌的幾磨等人，露出瞧不起的臉色。

身兼人工島管理公社的名譽理事、坐擁眾多大型企業之名門望族矢瀨家的最高執掌者——矢瀨顯重，幾磨的親生父親。

「矢瀨會長……」

幾磨用了敬畏的語氣應聲。顯重冷冷地瞥了他一眼。

「組織中居管理地位的人亂了陣腳，有礙於下層士氣。行事應當要神態自若。」

「非常抱歉。」

幾磨恭敬地低頭行禮。顯重帶在身邊的幾個男跟班則對幾磨投以嘲笑的目光。幾磨的母親並非顯重的正式妻子，縱使幾磨是大當家的兒子，小妾所生的他在家族中仍飽受鄙視。或許幾磨光靠本身實力就爬上了堪稱顯重繼承者的地位，反而更燃起他們的敵意。不過，幾磨都裝作沒有察覺。

「會長要到哪裡？」

「與橋村市議員面談過後，預定會出席魔導協會的紀念典禮。」

「紀念典禮……？」

幾磨訝異得瞠目。有眾多人進出的典禮會場對行凶者來說是絕佳的狙擊舞台。

「可是，現在特區警備隊已經進入乙種警戒態勢——」

「你想叫我畏懼那區區的暗殺者，躲在垂簾後頭不見人嗎？」

顯重斥責幾磨。身為統率巨大組織的財閥魁首，不能對犯罪者顯露自身的軟弱。即使冒著生命危險，顯重仍打算實踐其原則。

「……我會加派警備人員。請您千萬要自重，別去開闊的地方。」

「我了解。」

嚴肅地點頭的顯重轉身背對幾磨。幾磨目送他們離去的身影，發出了沉重的嘆息。

隨後，藍髮祕書朝幾磨喚了一聲。

「室長，南宮攻魔官捎來令人在意的情報。」

「南宮攻魔官？『空隙魔女』嗎……她怎麼說？」

「請看這邊的資料——」

幾磨瞧了祕書遞來的行動裝置，口中微微發出驚呼。顯示在上頭的是攻魔局大舉出動也沒能查出的魔導恐怖分子嫌疑犯情資。

「『魔族特區』破壞集團——深淵之陷。」

「攻魔局為什麼沒察覺這些人？」

「深淵之陷的情資屬於指定重要機密。資料全收藏在凍結書庫（Archive）。普通搜查官並無閱覽權限。」

藍髮祕書淡然回答了面露惱色的幾磨。

幾磨「嘖」地咂嘴。

「立刻辦理揭示情報的手續。然後麻煩妳聯絡獅子王機關，絃神市中應該有他們的工作員，再勉強也要委託他們協助。」

「指示接收。」

藍髮祕書回到她的座位。幾磨正拚命在腦裡計算能用於逮住犯人的人力。

既已明白這是有組織的魔導恐怖攻擊，原本此事應該立刻向日本政府求助。然而就算請政府加派探員支援，所有開往絃神島的飛機也都無法飛行。

這恐怕也是犯人們所安排出的局面。結果，幾磨只能靠島上所剩的些微戰力來對抗深淵之陷。

「可惡……把基樹——偷窺者（Heimdall）叫回來吧。不過問題是——」

在幾磨焦急得咬住嘴唇的下一刻。

隆——

整座人工島冒出了沉沉的震動。屬巨型建築的基石之門正短促地顫動著，宛如隕石墜落地表的衝擊。

堆疊的檔案散落一地，辦公室的燈光反覆閃爍好幾次。

「剛才的震動是？發生什麼事了！」

幾磨朝著藍髮祕書大吼。

女性人工生命體在這種狀況下依舊冷靜。

「第三地下停車場發生火災。有可能是歹徒使用爆裂物。」

「妳說……爆裂物？」

幾磨在一瞬間體會到意識遠去的感覺。

特區警備隊的警備班將大部分人員都派去提防狙擊了。難道對方將計就計，趁警備有漏洞時在地下室安裝了爆裂物——

「室長！」

有個接到內線電話的工作人員表情緊繃地叫了幾磨。

「名譽理事矢瀨顯重的座車在第三地下停車場——」

工作人員幾乎形同慘叫的報告讓幾磨說不出話。

操縱行動裝置的藍髮祕書則用不具感情的嗓音靜靜地告訴幾磨：

「矢瀨會長的生命跡象（vital）——停止了。」

8

曉凪沙察覺了自己身上的變化。

導火線恐怕是在神繩湖夢到的那場奇妙夢境。

彷彿剛從漫長睡眠中醒來，眼裡所見的一切都令人懷念。

清澈藍海，盛夏的天空。

凪沙對絃神島上理應熟悉的景色感受到幾乎讓她窒息的鄉愁。

而且，她一和古城講話就會惆悵得心頭糾結。

凪沙甚至光看見古城對雪菜或淺蔥笑，眼淚就會盈眶。

「唔~~……怎麼辦？再這樣下去，我根本沒辦法面對古城哥……！」

凪沙獨自佇立在海邊的公園抱頭懊惱。

光是和古城對上視線就小鹿亂撞，還對他無心的舉動或喜或憂——凪沙覺得這簡直就像戀愛中的少女。她認為這很愚蠢，卻又無法將情緒控制好。這樣下去，被班上朋友察覺應該只是遲早的事。

凪沙無法應付那股曖昧情緒，忍不住就蹺課了。

「這種問題又不能跟別人商量……我到底怎麼了嘛，為什麼會有這種感覺？本來還以為回到絃神島就會和緩一點的。」

她將身體靠在沿岸的扶手上，疲憊地發出嘆息。

凪沙目前在人工島南區北端的海濱公園，隔著大海可以看見對岸基石之門的楔狀建築。

她來這裡並沒有什麼理由。離開學校的她晃著晃著，就好像受到吸引來到了這裡。

儘管凪沙茫然望著景色，腦海一隅卻還是牽掛著古城。

她隱約知道為何會如此。

凪沙體內寄宿著有別於自己的另一個靈魂。沉睡靈魂中的記憶正在影響她的感情。

凪沙並不曉得對方的真面目。但是，她可以篤定那個靈魂並非邪惡的存在。

那個靈魂既幼小又純真，目前只希望可以守候古城。

應該就是因為這樣，凪沙才會接納對方。

話雖如此，凪沙作夢也沒想到居然會因而導致這樣的問題。

「怎麼辦……」

她又一次透露出困惑。

凪沙不知道在這種時候到底該找誰商量。

凪沙的母親曉深森就是她的主治醫生。然而深森是醫生，並非靈能力者。凪沙的祖母緋沙乃則是優秀的靈能力者，不過很遺憾，緋沙乃人在與紘神島距離遙遠的西關東深山中。

凪沙自然也不能跟班上的朋友把問題老實說出來。

更別提和古城本人商量了。

「感覺夏音應該會願意聽我說，可是猜不出她會有什麼反應又有點恐怖……」

嗚嗚嗚——凪沙無助地咕噥。畢竟夏音是博愛主義者，就算凪沙說自己因為喜歡古城而感到困擾，她大概也無法理解這有什麼問題。倒不如說，夏音八成會支持凪沙和古城變得更親密。

到最後，凪沙依然想不出任何解答，只能茫然望著海。就在此時——

「來。」

凪沙的後頸忽然被冰涼的東西抵住了。

「呀啊！」

完全出乎意料的強烈刺激嚇得她跳起來大叫。

回頭的凪沙看到了冰透的冰淇淋杯。有個頭戴機車安全帽的陌生少女拿了冰淇淋站著。

「要不要吃露露家的冰淇淋？好吃喔。」

少女戴著防風眼鏡對凪沙微笑。

肌膚白如雪的外國少女，個子比第一印象要嬌小許多。儘管她穿了橡膠厚底鞋，身高對凪沙來說仍只有勉強需要仰望的程度。

「咦！呃……為什麼？」

與其說凪沙對少女有戒心，她單純是嚇了一跳才反問對方。

少女硬把冰淇淋推到凪沙手上，然後——

「因為妳看起來好像在煩惱什麼啊，讓我有點在意。消沉的時候就是要吃甜的嘛。」

她口氣十分認真地這麼回答。

凪沙受到少女的獨特氣質影響，不自覺地點頭了。甜食的力量確實偉大，她的說詞也有一番道理。

「呃，謝謝。我付錢給妳。」

「不用啦不用啦，就當成陪我的謝禮吧。妳想嘛，有好吃的東西與其獨自享用，還不如找個人一起吃。」

少女說完就從袋子裡拿了自己要吃的冰淇淋出來。絃神島知名的露露家冰品。少女用附贈的小湯匙挖了一口，孩子氣地歡呼：好好吃～

「狄珊珀。」

「咦？」

「我的名字。我喜歡這個名字。如果妳能這樣叫我，我會很高興。」

自稱狄珊珀的少女將防風眼鏡撥到安全帽上面，將眼睛瞇得細細的。藍眼睛光彩發亮。

「啊，好的。」

我明白了——凪沙點頭答應。狄珊珀一臉滿意地微笑說：嗯，嗯。

「那妳呢？我要怎麼稱呼妳？」

「我叫凪沙，曉凪沙。漢字寫出來是像這樣。」

「嗯嗯。曉凪沙是嗎……」

狄珊珀用大眼睛望向凪沙的眼底。

彷彿連意識深處都被看穿的奇妙感覺，同時又有種懷念感。凪沙不覺得自己和狄珊珀是初次見面。

「這樣啊，原來是這麼回事……」

溫柔地微笑的狄珊珀嘴裡唸唸有詞。

凪沙疑惑地眨了眨眼。狄珊珀卻有些困擾似的聳肩說：

「我本來就曉得島上有『她』在，不過沒想到會是以這種形式碰面……哎，也算是緣分吧。雙方都很辛苦，對不對？」

「喔。」

凪沙只能含糊地點頭。狄珊珀似乎是滿意了，就沒有多解釋什麼，只顧著將冰淇淋送進嘴巴裡享用。

「呃……狄珊珀小姐，妳在這裡做什麼呢……？」

凪沙將自己的冰淇淋吃完一半以後，問了對方。

「不用加小姐啦。狄珊珀小姐叫起來很像日期不是嗎？發音類似英文的十二月三日。」

「日期……啊……」

是這樣嗎——凪沙歪頭思索狄珊珀的奇怪堅持。然而，她倒不是無法理解狄珊珀想表達的意思。

「我是來監視的。」

「妳說……監視嗎？」

「對呀。我明明說過要幫忙把風，卻得到一句『不需要』。所以我就打算一邊吃冰淇淋一邊作壁上觀啦。時間應該差不多了。」

「時間？」

凪沙感到納悶：什麼時間啊？假如是大樓會點亮燈光的晚上也就罷了，這種什麼東西都沒有的地方在平日白天感覺並不會舉行活動。

「妳是來參觀基石之門的嗎？」

「不是。我想不太一樣。」

狄珊珀將空冰淇淋杯丟到附近的垃圾箱並露出微笑。那是彷彿看開了什麼的落寞笑容。

「我是來見證開始的。見證『魔族特區』末日的開始——」

「咦……？」

狄珊珀話還沒說完，閃光便在凪沙的視野一隅綻放開來。

間隔半拍，巨響傳入凪沙的鼓膜。絃神島的人工大地震盪搖晃，餘波也撼動了凪沙她們所在的人工島。

建築物的外牆崩落，粉塵漫天飛舞。有爆炸發生，在基石之門的地下。足以搖盪大地的大規模爆炸。

「基石之門出事了……！」

凪沙訝異地看向狄珊珀。她怎麼知道會有爆炸發生？末日的開始是什麼意思——無數疑問在凪沙腦海裡打轉。

然而，在凪沙開口提出疑問以前，她就渾身無力了。

意識變成空白一片，陷入無法抵擋的沉眠。

凪沙最後看見了狄珊珀的眼睛。

閃耀如火的藍眼睛。

第二章 狄珊珀 December

1

女孩浸在澄澈的深紅液體中。

醜陋的女孩。

失去血色的肌膚蒼白得宛如屍體，身上到處是縫線般的深深傷痕。好比將五馬分屍的肉體硬是縫合起來的悽慘模樣。

即使如此，她依然美麗。

闔著眼皮的她相貌端正，修長的身材姣好勻稱，烏亮秀髮在樣似鮮血的深紅液體當中漂浮著。

擺滿最新醫療機器的研究所地下室——

身穿皺巴巴白衣的娃娃臉女性，正仰望著漂浮在玻璃容器裡的女孩。

「哼哼～～」

白衣女性叼著中獎的冰棒棍，嘴裡還哼著歌。

她是Magna Ataraxia Research公司——ＭＡＲ紘神研究所的主任研究員，曉深森。深森天真無邪地朝著白衣領口上的別針型麥克風呼喚。

「早安，公主。聽得見我的聲音嗎～～？」

『啊……嘎……』

間隔片刻，渾身是傷的女孩睜開眼睛了。無神的眼球猛然轉動，並瞪向站在水槽前的深森。她顫抖的喉嚨似乎想訴說什麼，可是口裡卻只吐出了不具意義的痛苦呻吟。

「不用急喔～～……因為妳才剛『復活』。」

深森用輕飄飄的嗓音如此說完，然後柔和地微笑。設置在水槽四周的測定儀器有了變化，變動的圖表似乎替渾身是傷的女孩表達了情緒。

深森一邊確認這些一邊操作水槽的面板。

『……嘎……！』

鑲在女孩脖根的兩顆端子被金屬栓插入了。全身痙攣的女孩似乎正在痛苦掙扎。

深森冷冷望著她的模樣，看似愉快地抿嘴發出「哼哼」的笑聲。

在這樣的深森背後有空氣流動的些許動靜。

「曉主任，妳心情很不錯呢。」

長相秀氣且戴著眼鏡的青年一邊微笑一邊走了過來。

他穿著寬鬆的黑色中國服飾，有種讓人不由得聯想到古代仙人的氣質。

「哎呀呀……逃獄中的囚犯待在這種地方好嗎？」

深森望著青年——紘神冥駕，並且挖苦似的笑了。

「我對你們的協助是心存感激的喔。多虧如此，我才能度過舒服的逃亡生活。」

我怕的就只有那個魔女——苦笑著如此表示的冥駕規規矩矩地向深森鞠躬行禮。

深森不敢興趣地咕噥：「哦～」並且把肩膀揹著的冰盒藏到自己背後。

「不過，我不會分冰棒給你喔。」

「那真是遺憾。」

「外頭似乎鬧哄哄的呢。這也是你們下的手？」

深森將視線移向地下室的天花板。那正好是基石之門所在的方位。地鳴般的震動是在短短幾分鐘前傳來。

「哎，那就難說了。雖然老人家似乎有什麼盤算。」

「老人家？喔……是那麼回事啊……」

深森望著若有所指地搖搖頭的冥駕，並且稍微揚眉。

冥駕則看向深森背後的深紅水槽。水槽裡有渾身是傷的女孩，至今扔痛苦得不停掙扎。

「這就是聖殲派那些人藏起的王牌——另一個『該隱的巫女』嗎？」

冥駕用蘊含敬畏之意的表情問。

啊哈——深森愉悅地笑著搖了搖頭。

「很遺憾，跟你講的不太一樣。她是『巫女(Sibyl)』喔，另一個巫女。」

「另一個……？莫非……我懂了……」

冥駕表露出訝異。對於神色一向從容的這個青年來說，不像他會有的反應。

看似沒了興致的深森轉身背對他，然後脫掉了戴在右手的白色手套。

渾身是傷的女孩頸子上接著金屬栓——從中伸出的管線一路通到水槽外面。臉上仍帶著微笑的深森用右手碰了那條管線。

彷彿想透過右手直接摸索女孩的腦海。

「來吧，讓我看看。妳所體驗過的『聖殲』記憶——」

2

基石之門發生的爆炸案影片在幾分鐘之後便藉由網路發布到了全世界。爆炸的巨大煙塵將沒有半朵雲的藍天逐步漆成灰色。古城等人正用智慧型手機的螢幕觀看那震撼的影像。

「失蹤……你說失蹤是什麼意思！」

放學後的教室角落，矢瀨基樹正朝著手機大吼。

通話對象應該是他任職於人工島管理公社的哥哥。手機重撥好幾次才總算接通的。

「爆炸恐怖攻擊？那個男的會被那種事情波及？太不像他了吧……！」

矢瀨用掩飾不住心慌的口氣嚷嚷。

平時無拘無束的他會亂了方寸，自有其理由。因為受地下停車場爆炸波及的遇難者當中，包含了人工島管理公社的矢瀨顯重名譽理事——也就是矢瀨的父親。

遇難者的搜救活動至今似乎仍因崩落的瓦礫和樓層浸水而窒礙難行。

「老哥，為什麼不行！也讓我幫忙搜索啊！憑我的能力一定……老哥……！」

被對方掛斷電話的矢瀨看著手機螢幕，嘴裡咬牙切齒。提出要幫忙搜救遇難者的他，似乎被哥哥用一句「你會礙事」拒絕了。

「你爸爸的狀況不妙嗎？」

古城走到靠牆壁低頭的矢瀨身邊。他不曉得這種時候該用什麼表情搭話。

矢瀨卻勉強擺出笑臉，抬起頭——

「嗯。他和停車場一起被炸飛了，人好像埋在瓦礫底下。」

然後用說笑的口氣這麼回答。古城也知道矢瀨的家庭環境複雜，尤其是他和父親關係不好這一點。正因為如此，矢瀨逞強的模樣格外令人心痛。

「你說……他被炸飛了……」

「沒事啦，不用擔心。反正連我在內，家族裡會因為那男的掛掉而開心的人多得是。只是被扯進繼承爭執會很麻煩。」

矢瀨用小孩找藉口般的語氣繼續說道。

淺蔥則遞了瓶裝礦泉水到這樣的他面前。

「基樹，你的臉都綠了喔。」

「我說過沒事啦。」

矢瀨似乎是發現自己的聲音啞了，立刻想喝水。可是他打不開寶特瓶的蓋子，因為手指抖得使不上力氣。

「哦，之後都停課了耶。真走運。」

「喂，矢瀨！」

矢瀨聽見學校裡正好在廣播的內容，逃也似的回到自己的座位。古城看見朋友抓了包包就要走的背影，急忙想叫住他，他卻自顧自地說了聲「先走嘍」便直接離開教室。

古城和淺蔥兩人束手無措地看著矢瀨離去。就算現在追上去，他們也想不到該跟矢瀨講什麼。

「硬要壓抑。」

淺蔥交抱胳臂說了。古城也板著臉孔搖頭。

「我想他自己也不曉得該怎麼反應吧。這種時候又不能叫他冷靜。」

「刺激太大了啊……居然會碰到炸彈恐怖攻擊……」

淺蔥帶著沉鬱的臉嘆氣。她和矢瀨從上小學之前就認識了，而且父親同樣是絃神島上的重要人士，因此她更無法漠不關心才是。

「深淵之陷嗎……到了這種地步，實在不能當作無關己事了。」

「咦？你剛才說……什麼餡？」

聽見古城嘀咕的淺蔥一臉納悶地看了過來。古城開口糾正：深淵之陷啦。他不明白淺蔥為什麼在這種狀況下還會耍寶聽錯。

「你曉得什麼內情嗎，古城？」

「那月美眉告訴我的。據說或許有號稱『魔族特區』破壞集團的人要對絃神島不利。」

「『魔族特區』破壞集團……？」

什麼玩意啊——淺蔥摸不著頭緒似的嘀咕。瞪向古城的她感覺隨時會咬人。

「那是怎麼回事？為什麼有人要對絃神島不利？」

「我哪知道啊。大概是被誰僱用的吧。」

被淺蔥嚇倒的古城無助地回答。

「那麼……加害基樹他爸爸的凶手，也是你說的那個什麼餡嘍？」

「八成沒錯。還有從前天起發生的船難，也被懷疑是不是那幫人搞的鬼。」

淺蔥似乎對古城馬虎的解釋照單全收，咬著嘴唇拚了命地在思考。

「……那月美眉正在找那幫人嗎？」

「嗯。深淵之陷的成員中，聽說有個叫千賀的風水術士。她目前在追查那傢伙的下落，因為沒其他線索。」

「那你早講嘛。」

淺蔥遷怒似的撇下一句，然後從包包裡拿出了薄型筆電。她好像打算入侵特區警備隊鋪設在整座絃神島的情報網路，把千賀揪出來。

「找得到嗎？」

「找也要找出來啊！」

淺蔥斷言得毫不猶豫，並且靈活地在鍵盤上運指。和喜愛花俏的高中女生外表呈對比，淺蔥在業界也是知名的高竿駭客。

成串的字母與數字跑過她的電腦畫面，有如高階咒語，古城完全看不出當中進行的是何名堂。沒辦法隨便插話的他只能無所適從地茫然望著淺蔥認真的臉龐。就在這時候——

「——打擾了。」

凜然嗓音在教室響起，其他留在教室的同學頓時鼓譟起來。

有個穿國中部制服的女學生揹著黑色吉他盒，站在古城他們教室的門口。個子雖小，姿色卻驚豔得讓人看了無法不被吸引住的少女。

「姬柊？妳怎麼會來高中部校舍——」

古城看雪菜忽然找上門，便困惑地問了一聲。

他這樣的反應讓同班同學們為之屏息。

古城和淺蔥兩個人剛討論完什麼嚴肅的話題，傳聞中的國中部轉學生就出現了。兩個女生是不是準備要鬥個天翻地覆了？同學們會如此期待也是人之常情。

面對教室裡充斥的異樣緊張感，連雪菜都露出了被嚇倒的臉色。不過，她似乎立刻就下定決心踏進教室，並趕到古城身邊。

「不好意思，學長。呃，我想和你談關於凪沙的事情——」

雪菜講話的口氣透露出焦慮。古城冷不防地聽她這麼一說，表情變得僵硬了。

「凪沙……？那傢伙怎麼了嗎……？」

「該不會又昏倒了……？」

淺蔥也停下敲鍵盤的手並看向雪菜。

目光閃爍的雪菜無助地說：

「不是的，凪沙……她在午休時不知道一個人跑去哪裡，之後就一直沒有回教室。」

「咦……？」

古城困惑地皺了眉頭。他不太明白狀況。

「她的東西和鞋子也都不見了，所以班上同學在猜，她會不會是擅自早退——」

「凪沙擅自早退？」

淺蔥臉色訝異地把話問回去。

凪沙不像她哥哥，個性認真又正經八百。感覺她不會毫無理由就溜出學校。雪菜應該也抱持相同意見。因此，她才會焦急地跑來向古城報告。

「我也試著傳了簡訊到凪沙的手機，可是都沒有回應。」

雪菜表情緊繃地說。古城的拳頭冒汗了。

「淺蔥……！」

「好好好。找恐怖分子以前，我們先調查凪沙那邊吧。」

你對妹妹真是保護過度——淺蔥說了句促狹話，然後又轉頭面對電腦。

古城他們意外合作的模樣，讓那些期待爭風吃醋場面的同學散發出失望的氣息。不過古城沒空理那些人。他抱著期望的心情直盯著為了搜索凪沙而連上島內監視器網路的淺蔥。

「……咦？」

淺蔥低聲驚呼。她的電腦短短地冒出了「嗶」的警告音效。有新的視窗彈出，警告訊息閃爍著紅光。

「不會吧？怎麼可能有這種事……！」

警告音效讓喇叭響個不停，錯誤訊息在轉眼之間占滿了畫面。鍵盤操作失去效果。察覺狀況有異的淺蔥反應迅速，她毫不猶豫地捧著失控的筆記型電腦站起來——

「古城，把路讓開！」

「啊？」

淺蔥推開杵著不動的古城，把筆記型電腦砸在教室外用混凝土鋪成的陽台上面。鋁合金機殼徹底變形，零件七零八落，整台電腦變得稀巴爛。

「淺、淺蔥……？」

「藍羽學姊……」

古城和雪菜兩人戰戰兢兢地開口。淺蔥則低頭看著自己砸掉的心愛電腦，喘得上氣不接下氣。

「氣死人了……被擺了一道！」

怒火中燒的淺蔥甩亂頭髮。

「怎、怎麼回事啊……？」

「有駭客入侵。特區警備隊的網路被病毒感染了，而且是軍事用的強效病毒！」

「病毒……！生物兵器嗎？」

雪菜大吃一驚似的問。她並沒有胡鬧，只是單純誤解了病毒的意思才對，效果卻足以舒緩淺蔥緊繃的神經。

「哎，妳不用講那種老掉牙的耍寶詞啦。」

淺蔥一臉無力地看著雪菜。雪菜則帶著參不透話中玄機的表情，眨了眨眼問：

「耍寶詞……？」

「呃～不是那樣啦。病毒是那種程式的稱呼。它會惡意破壞資料或引發機械故障。」

「啊……這樣啊……」

對機械產品不熟悉的雪菜聽了淺蔥說明，似乎也心裡有底了。她帶著曖昧的臉色點點頭，看似難為情地臉紅了。

不講這些了——古城邊說邊轉向淺蔥。

「妳說特區警備隊被駭客入侵，那不就糟了嗎？」

「很糟糕。畢竟炸彈恐怖攻擊本來就讓指揮系統亂成了一團才對。」

淺蔥口氣認真地回答。光是連上監視器就會被病毒感染，可以想見特區警備隊本部的伺服器應該已經完全失靈了。特區警備隊的那些隊員肯定正陷入恐慌。

「那裡的防火牆漏洞百出，我從以前就在擔心了。明明只要交給我和摩怪管理，就不會發生這種問題……哎唷，真是的！」

太陽穴頻頻抽搐的淺蔥不耐煩地如此大叫。自己的電腦中了病毒，似乎讓她的自尊心相當受傷。

「結果，這表示我們沒辦法調查凪沙在哪裡嗎？」

「不樂觀耶。因為島上的防盜監視器是歸特區警備隊管轄。駭入系統把主控權搶回來也是個辦法，可是最要緊的電腦變成這樣……」

淺蔥望著上一刻仍叫筆記型電腦的殘骸，露出了自嘲的笑容。雖然說這是為了防止病毒將個人資料外流出去，但是付出的代價並不小。

「唉，混帳。凪沙那傢伙在這種時候跑去哪裡了……！」

古城拿出手機，找了凪沙的號碼姑且一試。

3

沿海公園的長椅上，坐著穿棒球外套的少女。她旁邊停著一輛褪色的白色速克達，還有個穿制服的國中女生躺在她的大腿上。

在對岸可以看見建築物微微冒出白煙，周圍似乎一片喧鬧。

少女沒有特別注意對岸，只是茫然地望著那裡。於是——

有個男子走來隨口叫了她。

「原來妳在這種地方，狄珊珀。」

「嗯？」

狄珊珀戴著半罩式的安全帽抬頭。

低頭看她的是個身穿灰色皺外套的中年男性。雖然身材意外地有肌肉，但隨性留長的頭髮使他有種宛如藝術家的氣質。大概是雕刻家或者美術老師——讓人有如此印象的男子。

「咦？毅人？」

狄珊珀叫了男子的名字。深淵之陷的千賀毅人，以往被稱為東洋的至寶，震撼歐洲魔法界的天才風水術士。

這樣的他狀似親密地對狄珊珀笑了笑。

「你在外面走動沒問題嗎？我以為你會先到祕密基地等我。」

「因為妳遲遲沒聯絡，我就過來找人了。菈恩一直在擔心妳喔。」

「是喔，她在擔心我啊。不愧是我的菈恩，真可愛。」

狄珊珀聽完千賀所說的話，露出了竊喜的臉色這麼說道。

拿妳沒辦法——千賀搖頭。

千賀的年紀大約四十歲左右。相對的，狄珊珀頂多十四五歲，外表年齡差了二十歲以上。儘管如此，千賀仍用對等的方式對待狄珊珀。倒不如說，反而是狄珊珀給人把千賀當成囂張弟弟來看待的印象。

「妳把無關的普通民眾牽扯進來了？」

千賀怪罪似的瞪著這樣的狄珊珀問。

「嗯？啊，你說凪沙嗎？」

狄珊珀低頭望著躺在自己腿上的少女的臉龐，愉悅地笑了。她撫摸曉凪沙頭髮的手法很輕柔。

「不用擔心這個女生，她只是被爆炸嚇得昏倒了。我總不能丟下這麼可愛的女生不管吧？她會被壞人擄走的。」

「說得好像我們就不是壞人一樣。」

千賀用辛辣的口吻挖苦。啊哈哈——狄珊珀笑出了聲音。

「再說，這個女生跟我並不是沒有關係。」

「是這樣嗎？」

「就是這樣。」

「我明白了。我會告訴菈恩他們。」

千賀咕噥，狄珊珀則點了頭。

然後，狄珊珀關心千賀似的靜靜問道：

「殺人，這樣好嗎？」

「什麼好不好？」

「你跟這座島也不是毫無關係吧？」

狄珊珀這無心的一句話讓千賀沉默了。彷彿被人碰了至今未癒的傷口，他一臉痛苦地搖搖頭。

「正因為不是毫無關係，也會有無法化解的心結。」

「這樣啊。也對。」

狄珊珀瞇起被防風眼鏡遮著的眼睛，落寞地露出微笑。

千賀不吭一聲，直接轉身離去。後來他沒走幾步就消聲匿跡了。他是用風水術讓自己的身影融入景物當中。

隨後，被狄珊珀捧在腿上的曉凪沙似乎於夢鄉受到干擾，動了動身體。

「嗯……」

凪沙一邊微微吐氣一邊緩緩地睜開眼睛。狄珊珀察覺到她身邊彌漫的些許寒氣，因而瞇細眼睛。

「嗨。妳醒啦？」

「啊……」

凪沙的上半身緩緩起來了，不自然的動作好似無視重力存在。虹膜放大的空洞眼睛茫然地凝視著狄珊珀，解開的長髮徐徐流瀉。

「汝是……」

「不要緊，不要緊喔。妳不用擔心，因為這是我的戰爭。」

狄珊珀溫柔地摟住訝異的凪沙。她朝凪沙耳邊緩緩細語，宛如在安撫年幼的孩子。

凪沙周圍捲起的寒氣加劇了，薄霜落在狄珊珀全身上下。

「……事到如今……汝……為何會……」

「妳回去打盹吧。因為那也是『我們』所冀望的。」

狄珊珀的話還沒說完，凪沙就渾身放鬆了。

同時，包裹兩人的強烈寒氣也消失無蹤。狄珊珀安心似的嘆氣，然後擦了擦因為寒氣而起霧的防風眼鏡。

當狄珊珀拂去棒球外套上凝結的冰霜時，這次凪沙完全清醒了。

「奇……奇怪？我怎麼會在這種地方……？哇！」

凪沙察覺自己讓狄珊珀抱著，便急忙離開了對方身邊。她匆匆環顧四周，然後大吃一驚似的將視線停在對岸。

「基石之門出事了……！」

「嗯。好像發生事故嘍。」

「事故……？」

或許是昏倒前的記憶模糊所致，凪沙心虛地嘀咕，在爆炸現場周圍來來去去的緊急救援車輛警笛斷續傳來，激起她的不安。

「請問……我是不是給妳添了什麼困擾？」

凪沙戰戰兢兢地問了狄珊珀。怎麼會——狄珊珀搖頭。

「沒有，我想我並不覺得困擾。很愉快喔。」

「可是……」

「有來電。」

「咦？」

「妳的手機正在響喔。」

狄珊珀指著凪沙的包包說。手機的微微震動聲傳到外面了。凪沙有些吃驚地朝擱在腳邊的包包伸出手。

「哇，真的在響。咦，古城哥？他怎麼會打來？」

該不會是蹺課的事情穿幫了吧——凪沙一臉為難地接起電話。

狄珊珀則望著她那樣的臉龐微笑。

4

「好像因為天氣太好就不知不覺睡了午覺——說什麼鬼話啦！」

古城憤慨地走在被夕陽照射的校庭。他一撥再撥的電話，凪沙直到剛剛才接起來。古城安心歸安心，對於凪沙不著邊際的藉口還是忍不住火大。

「受不了，嚇人也要有限度吧。」

「哪有什麼嚇不嚇人，是你們自己亂擔心而已吧。」

淺蔥用了有些鄙視的目光看古城。雖然說古城的妹控毛病並非現在才冒出來的，但是他這樣實在讓人傻眼。

「不過，幸好凪沙沒事。」

害古城焦急的雪菜似乎覺得自己多少有責任，想設法替事情做個漂亮的總結。也對啦──像在掩飾害羞的古城則淡然地說：

「淺蔥，妳會直接到人工島管理公社吧？」

「雖然麻煩，可是也沒辦法。總不能放著特區警備隊被駭的伺服器不管，而且他們說會送我新的電腦。」

淺蔥說完這些便洩氣似的垂下肩膀。屢遭攻擊的人工島管理公社每次都會把她叫去。

「公社說會派車來接我，你們要不要搭便車到車站？」

「呃，不用啦。再說我約好要跟凪沙碰面了。」

古城想了一會兒，對於淺蔥的邀約搖搖頭。

儘管知道凪沙姑且平安，保險起見，古城已經講好之後要立刻跟她會合。碰面的地點約在通學路途中的超市。

「重要的是盡快查出那個叫千賀的男人在哪裡，然後告訴那月美眉。」

「嗯，包在我身上。」

淺蔥口氣輕鬆地回答。

疑似人工島管理公社的黑色接送轎車在這時候到了校門前。接送車的司機下了車，替淺蔥開門。十足的貴賓待遇。

當淺蔥看見司機長相時，卻瞬間愣住不動了。

「久等了，淺蔥小姐。」

有個沒化妝的年輕女性穿著黑色套裝站在那裡。是藍羽菫。

「菫、菫阿姨！為什麼是妳開車過來……？」

淺蔥傻眼地望著自己的繼母，講話聲音變了調。

儘管母女兩人並無不和，但由於年紀相近，關係便有其微妙之處。倒不如說，其實是淺蔥自己不習慣面對菫。

不知道菫是否了解女兒那樣的心情，一臉自在地回答：

「是仙齋先生拜託我來的～妳想嘛，現在有炸彈恐怖攻擊發生，外頭不平靜啊。」

「唔……」

「而且回家的單軌列車也為了檢測而停駛了。」

「唔……唔……」

「好啦，快上車快上車。假如古城你們要搭便車──」

「那、那個我們剛才討論過了。快點出車吧。」

淺蔥粗里粗氣地說完以後，就坐上了接送車的後座。她似乎覺得讓朋友聽見自己和母親講話很難為情，害羞似的臉紅了。

堇帶著「哎呀呀」的苦笑坐上駕駛席。她親切地朝古城等人揮了揮手，然後俐落地發動接送車。

「好了，那我們也回去吧……」

古城亂沒勁地開口，雪菜便默默點了頭。

雖然雪菜的話本來就不多，但她今天比平時更沉默寡言。或許雪菜在介意風水結界和爆炸案的事情。即使如此，她仍像追隨飼主的忠犬，都保持相同距離跟在古城的後面。

「對了，姬柊。不好意思，能不能陪我買個東西？凪沙交待我買牛奶。」

走了一會兒就看見目的地超市的招牌了。約好要碰面的停車場內還不見凪沙的身影。

「那當然不要緊——」

雪菜忽然止步，並且下定決心似的抬頭看著古城說：

「可是，學長覺得這樣好嗎？」

「嗯?麻煩是麻煩啦，可是東西不買不行啊。再說家裡最近都是讓凪沙煮飯。」

「不對，不是那個。我說的是深淵之陷。」

「咦？」

感到意外的古城看了雪菜。雪菜則不以為意地繼續說：

「學長，其實你也在介意那些人的事情，不是嗎？」

「哎，畢竟矢瀨的老爸出了意外，我不會毫無感覺就是了。」

古城把手湊在脖子上嘆氣。

「就算介意，我們也無能為力吧。再說那月才剛叮嚀過，要我別多事。而且也不知道那個叫千賀的傢伙人在哪裡。」

「那倒也是……」

雪菜露出了顯而易見的失落臉色。她似乎對知道深淵之陷存在卻無能為力的自己有罪惡感。雪菜從剛才就格外安靜，大概也是起因於此。基本上她的個性就是正經八百。

「要是至少能知道深淵之陷用的手法就好了。」

古城隨口講出想到的看法。

「咦？」

「假如能猜到那幫人接下來要做什麼，就可以先設埋伏了吧？」

「深淵之陷的下一步行動……學長是指暗殺重要人物和封鎖海上交通，不過是他們正式展開恐怖攻擊前的前置作業嗎？」

「難道不是嗎？號稱『魔族特區』破壞集團的那幫人，再怎麼說也不會炸掉一座停車場就收手吧。」

「是的。確實有道理……」

雪菜的臉色變得認真了。這種時候的她在想什麼，很容易就能看出來。

「我倒覺得滿稀奇耶。姬柊，沒想到妳會主動講出這些話。」

古城露出苦笑說道。

「……會嗎？」

「假如我一頭栽進恐怖攻擊事件，我想妳會頭一個抱怨就是了。」

「那是當然了。因為我是第四真祖的監視者，我有顧著不讓學長多管閒事的義務。」

雪菜說得像是在告訴自己，然後緊緊地握起了拳頭。

「所以，我得代替學長處理問題才可以——」

「呃，妳這樣說不通吧。監視的意思不是那樣啦。」

古城忍不住吐槽亂有鬥志的雪菜。

雪菜卻固執地搖頭回答：

「不能那麼說。獅子王機關就是為了防範大規模魔導恐怖攻擊才在的。」

「既然如此，早就有別人採取行動了吧？比如之前那個叫『寂靜破除者』的女人。像妳這樣就不必費心了。」

「像我這樣……就不必費心……是嗎？」

唔——雪菜露出了有些受傷的表情。她像個鬧脾氣的小孩那樣微微噘嘴。

「反正我之前完全對抗不了她……」

「哎，那個……」

扯到麻煩的話題了——古城仰天心想。

從絃神島逃脫時，雪菜曾經和獅子王機關的三聖之首「寂靜破除者」交手過。與其說她們打過一場，不如說雪菜連發生什麼狀況都沒發覺就敗陣了還比較接近實情。雪菜其實一直對此記恨在心的樣子。

「總之，目前先把問題交給那些人吧。」

「請學長不要說完這種話，之後卻又瞞著我自己跑掉喔。」

古城隨興地聳了聳肩打算往前走，立刻就被雪菜拉住手臂。在旁人看來，倒也像是相親相愛地牽著手。

「不要緊啦。就算有人拜託，我也不會碰那種麻煩事。」

「誰曉得你會不會。」

碰巧開車經過的小貨車駕駛看到古城他們牽著手在馬路中間鬥嘴，就吹了個口哨奚落，然後把車開走了。

雪菜臉紅歸臉紅，卻還是不肯離開古城旁邊。

為了避免在路上變得更醒目，古城落荒而逃地往超市裡面走。

還算熱鬧的店裡正在播送收音機的新聞節目，用來代替平常的流行樂。果然每個人都在關心船舶事故和停車場爆炸案才對。

然而，顧客臉上卻看不出特別不安或傷悲的情緒。

「想不到大家都滿鎮定耶。」

雪菜有些驚奇地嘀咕。對啊——古城也附和。

「哎，『魔族特區』的居民對這種風波都已經見怪不怪了。雖然太沒緊張感或許也是問題就是了。」

「魔族特區」原本就是容易遭受恐怖攻擊的城市，絃神島上的颱風或大潮災情更是特別多。相對的在治安及防災方面就有充分準備。糧食和燃料也儲備齊全。絃神島居民對此都相當了解。

「不。與其胡亂恐慌，這樣更令人安心。畢竟一般來講，據說恐怖分子的目的就是帶給居民恐懼，並引發社會不安。」

「恐懼啊……」

原來如此——聽完雪菜解釋的古城喃喃自語。如果說是為了讓人心惶惶才選上基石之門那種醒目場所當成炸彈恐怖攻擊的地點，倒也可以理解。

光看這間超市裡的模樣，目前絃神島的居民大概勉強挺得住恐怖分子的攻擊。

古城買完要買的東西，就提著超市塑膠袋到了店門口。

「對喔，聽說單軌列車停駛了，凪沙打算怎麼回來這裡啊？」

古城忽然想到基本的疑問，便問了一聲。誰知道呢——雪菜也歪頭不解。

噗噗噗噗噗——隨後，蠢蠢的引擎聲就傳來了。這年頭已經變得罕見的內燃引擎舊式速克達越過了人行道的高低差來到停車場。

「啊～～……找到了找到了，古城哥！雪菜，這邊這邊！」

在速克達後座揮手的人正是凪沙。在凪沙前面握著龍頭的是個戴了防風眼鏡的陌生女性。古城蹙眉頭問：「誰啊？」

此時白色速克達停到了古城他們面前，凪沙輕靈地跳下車。她一邊脫下原本戴的安全帽一邊朝速克達駕駛低頭答謝。

「謝謝妳送我來，狄珊珀小姐。」

「欸欸欸，不用叫小姐啦。」

被稱作狄珊珀的女性口氣爽快地告訴凪沙。接著她把視線轉向古城問：

「你是凪沙的哥哥？」

「對、對啊。我就是。」

狄珊珀親切地對困惑應聲的古城笑了笑。即使臉上戴著大大的風鏡，還是可以看出她相當漂亮，而且遠比想像中年輕。

然後，狄珊珀興趣盎然地望著雪菜問：

「所以這位是……哥哥的女朋友？」

「不，她是凪沙的同學，住在我們家隔壁。」

「原來如此，和你們是鄰居嘍。」

呼嗯呼嗯——狄珊珀愉快地露出微笑以後，把右手伸到了古城面前。

「叫我狄珊珀就好。請多指教。」

「啊，妳好。」

古城回握她那冰涼的手。

凪沙站在狄珊珀旁邊，莫名得意地挺胸表示：

「狄珊珀幫了我很多忙喔。你們知道基石之門發生爆炸了嗎？她那時候剛好和我在一起，還在我昏倒時幫忙照顧我，又送我來這裡，從頭到尾受了她好多照顧喔。要是沒有她就回不來了。」

「是、是喔。」

古城有點被講話連珠砲似的妹妹嚇著了。雖然凪沙現在跟早上的穩重模樣大異其趣，不過這才算她的本色。

凪沙完全恢復平時的調調，讓古城稍微放心了。或許這也是託凪沙遇見狄珊珀的福。

「抱歉，我妹妹好像給妳添了麻煩。謝謝妳。」

「不客氣。要照顧可愛的女生，我熱烈歡迎喔。」

狄珊珀望著答謝的古城，使壞似的揚起嘴角。

接著，她把視線轉到了裝設落地窗的超市裡面。

清潔的店內格局極富機能性，滿滿食材陳列於其中。生鮮食品架上的空位雖然醒目，但是還不至於對人們的生活造成困擾。

「真和平。」

「咦？」

「才剛發生那種事，店面卻正常地擺著食材……你不覺得這樣讓人很安心嗎？」

「嗯，是啊……」

狄珊珀嘀咕得彷彿無關己事的口氣讓應聲的古城覺得不太對勁。

呵呵──狄珊珀笑著轉動速克達的鑰匙。引擎「噗隆」地打著不穩定的節奏啟動，然後冒出獨特的高亢排氣聲。

「拜嘍，凪沙，下次再見。古城哥和鄰居小姐也一樣，拜拜。」

速克達載著狄珊珀「噗噗噗噗」地發出聒噪聲響離開了。

古城等人茫然地朝速克達排出的團團白煙望了一會兒。

「哦，古城哥，你有幫忙買牛奶啊。我們回家吧，今天晚上要煮濃湯喔。」

等看不見狄珊珀的身影以後，凪沙才開心地開口。

古城一邊追上腳步輕快的妹妹一邊無奈地嘆氣。凪沙的態度和早上的文靜模樣判若兩人，使得古城來不及整理自己的心情。

「感覺凪沙跟平時一樣呢。」

「就是啊。」

太好了——雪菜開朗地說。與其說古城被凪沙的變化耍得團團轉，也許和她待在同一個教室的雪菜還更辛苦。

「不說這些了，學長，你有察覺嗎？狄珊珀小姐是——」

嗯——古城表示同意。和狄珊珀握手時，他曾感受到靜電般的獨特刺激。那是強大魔力的反應。

「所以說……她是魔族。原來不是我自己多慮……」

「我想她恐怕是D種——吸血鬼。雖然她沒戴魔族登錄證。」

「和我一樣屬於未登錄魔族啊……」

古城露出複雜的臉色。

在「魔族特區」絃神市，魔族並非受厭惡或歧視的對象。透過人工島管理公社登錄為魔族以後，不只可以獲得正規市民權，還能享受居住及醫療津貼、就業輔助等各項優待。只要秀出手腕戴的魔族登錄證，有時連便利超商或超市賣的商品都可以免稅或打折。

相反的，法律禁止魔族無故未經登錄就進入特區。

即使如此，如果仍有魔族拒絕登錄，那就是基於政治因素而被默許為「不存在」，像古城這樣遭到政府監視的特異分子（irregular）——要不然就是歹徒了。

古城不能對仰慕狄珊珀的凪沙說出那樣的真相。

「姬柊。」

「有。」

「妳說過，恐怖分子的目的是引發社會不安對吧？」

「啊，是的。當然也有例外就是了，不過基本上沒錯。」

雪菜臉色納悶地回答古城不得要領的問題。

古城活像被人硬塞自己不敢吃的蔬菜，歪著臉又說：

「妳還記得狄珊珀說的話嗎？她說店裡擺著食材就能讓人安心。」

「咦……？」

彷彿察覺了什麼的雪菜睜大眼睛。

接連發生船舶事故，人們之所以能保持鎮定是因為自己的生活還沒有受到直接影響。就算食物稍微缺貨，超市各門市目前依舊擺滿了食材，因為絃神島上儲備著大量的糧食。

那麼，萬一島上失去了那些儲糧——

「深淵之陷的下一個目標，該不會就是……」

「雖然這是無憑無據的想像，但我有不太妙的預感……！」

為了不讓走在前面的凪沙察覺，古城低聲嘀咕：

「他們的下一個目標是人工島東區的大糧倉——大規模糧食儲藏庫。」

5

載著淺蔥的黑色公務車正跑在絃神島外圍的環狀道路。

絃神市地處人工島，蜿蜒道路層層交疊有如複雜的迷宮。基於其構造，導航系統幾乎派不上用場，在絃神市裡要把車開得隨心所欲，甚至被形容成比駕駛戰鬥機還困難。

藍羽堇正靈活馳騁於如此錯綜複雜的道路。跟淺蔥的父親結婚以前，她是在保全服務公司任職的職業司機。

她平順的駕車技術讓人連加速都感覺不出，搭乘感太過舒適，反而讓淺蔥覺得恐怖。據說菫在職活躍時，無論路況再怎麼塞，她都能將抵達目的地的時間誤差控制在零點一秒內。假如她拿出真本事，開起車又會是什麼樣子，光想像就讓人發毛。

「今天會忙到很晚嗎？」

菫溫和地朝著縮在後座的淺蔥搭話。

是啊——淺蔥態度生硬地點頭。

「我想大概會。因為特區警備隊的伺服器好像損害得滿嚴重。」

「這樣啊。我幫妳準備了便當，不嫌棄的話就吃吧。我準備的是可以用單手拿著吃的三明治。」

「呃，謝謝。」

淺蔥注意到座位上擺了裝便當的包裹，便向母親道謝。寫程式語言很費力，而且菫的手藝就算形容得含蓄也堪稱極品。有便當著實值得感激。

「爸……我父親對這次風波有表示什麼嗎？」

「沒有，他什麼也沒說。因為他不是會輕易透露那些想法的人。」

臉向著前面的菫說得有些落寞。

是啊——淺蔥也有同感。

「不過，他在擔心妳喔。他怕妳做這種工作會不會被風波牽連。」

「哪會啊……何必擔心……」

怎麼可能嘛——淺蔥隨口嘀咕。

隨後「嘰」的一聲，車子硬是改變了行進方向。強烈的加速動能撲來，讓淺蔥的背緊緊貼在座椅上。如此粗魯的駕駛方式實在不像堇的作風。

「堇、堇阿姨……？」

「別講話。咬到舌頭就不好了——抓穩座位！」

堇用了跟平時穩重的她判若兩人的尖銳嗓音大喊。

伴隨突湧而上的衝擊，載著淺蔥她們的公務車飛到半空。映於前車窗的景物朝著匪夷所思的方向流過。

堇故意用前輪撞上道路旁邊的分界堤，讓車身飛起。

淺蔥她們轉了半圈越過中央分隔島，落在對向車道中間。

接著——

「什……！」

間隔半拍，世界隨著轟然巨響搖盪。淺蔥她們旁邊發生了大爆炸。

車身被爆壓敲得不停顫動。

衝擊劇烈撼動整條道路，不適感湧上淺蔥的五臟六腑。

爆炸的原因出在停放於路肩的故障車輛。彷彿算準淺蔥她們行經的瞬間，那輛故障車炸成了稀巴爛。

「怎……怎麼回事……！」

「那是汽車炸彈，民兵組織在戰亂地帶常用的手法。要是在近距離被炸，就算是防彈汽車的裝甲也擋不住。」

堇靠著絕妙的反打方向盤及油門操控技術，若無其事地讓嚴重打滑的車子重整態勢。接著她卯起勁加速，讓車子閃過漫天灑落的金屬片。

爆炸的餘波令路面凹陷，四周的柏油路陷入火海。道路標誌和護欄被散落的碎片砸中，變得滿目瘡痍。

「妳說汽車炸彈……難道，那是針對我們這輛車……？」

淺蔥臉色慘綠地問。假如堇沒有硬是改變行進方向，這輛車應該就衝進爆炸中心點了。淺蔥她們肯定會遭受波及而當場死亡。

終於理解那層事實的淺蔥感到毛骨悚然，指頭抖個不停。

「有可能耶。畢竟這是人工島管理公社的公務車——」

堇平靜地說道。這樣就要繞遠路了——她不滿地嘀咕，並且將車開往環狀道路的出口，

冷靜得實在不像剛碰上生命危險的人。

「堇阿姨，妳為什麼會曉得有汽車炸彈安裝在那裡？」

「唔～～怎麼說呢？大概算直覺吧。」

堇一邊認真地偏頭思索，一邊回答。她自己似乎也說不上來。對繼母那種反應感到傻眼的淺蔥覺得恐懼感被沖淡了。淺蔥認為只有她嚇得發抖似乎滿蠢的。

「難道就是因為這樣，堇阿姨才會來接我嗎？妳怕我被炸彈恐怖攻擊波及——」

「便當沒事吧？」

堇沒有回答淺蔥的質疑，反過來問了一句。於是，淺蔥總算想起自己還捧著便當。

「啊，對啊。我想沒問題。」

「是嗎？太好了。」

堇透過照後鏡看了淺蔥的臉，對她露出笑靨。接著，她又用力踩下油門。

「總之，事後處理就交給特區警備隊吧。要趕路嘍。」

6

千賀毅人正從港口附近的廢棄工廠望著絃神島的黃昏景色。

絃神島——「魔族特區」集最先進的建築技術於一身，同時也是運用魔法所建之物。構成島嶼的四座超大型浮體構造物各自設計成獨立可動，藉此就能化解暴風或海嘯帶來的影響，將淹水的災情控制在最小。

將四座構造物配置於東南西北，更賦予了它們魔法性質的功用。東青龍、西白虎、南朱雀、北玄武——即為風水術中所謂的四神相應。絃神島本身就是巨大的風水咒術裝置。

利用絃神島本身的結構，將其用為法奇門的樞紐。那就是千賀毅人發動的八卦陣真面目。正因為把絃神島本身當成動力來源，他才能超脫常理設下半徑達百公里以上的廣大結界。

結界持續的時間剩下四天。不過，等到那時候，這座島應該已經毀滅了。

透過「深淵薔薇」之手——

『老師，聽得見嗎？』

左耳戴的耳麥傳來快要變聲的男生嗓音。聲音之主是少年人工生命體——洛基。

「我聽見了，洛基。爆炸的煙塵也看到了。」

即使從千賀所在的位置，也能清楚看見環狀道路冒出的爆炸光芒。那是洛基安裝的汽車炸彈爆炸所發出的閃光。滿載高性能炸藥令金屬片四散飛射的汽車炸彈，就算靠軍用裝甲車的性能也無法輕易防阻。

三年前，洛基因故加入了深淵之陷，教他安裝汽車炸彈的就是千賀。從那以後，洛基就稱呼千賀為老師。

『話是這樣說沒錯，抱歉——我失手了。』

洛基用了宛如小朋友在惡作劇失敗時的懊悔口氣告訴千賀。

「失手？」

『嗯。司機直覺很靈。在引爆的前一刻被逃掉了。』

「這樣嗎？不愧是『魔族特區』——用普通方法行不通。」

千賀並沒有責備洛基，只是淡然嘀咕。

炸彈到底屬於單純且可靠度高的暗殺手段，而且洛基不可能錯失爆破的時機。如果暗殺目標仍有辦法躲過洛基的攻擊，表示對方並非泛泛之輩。

『真的很抱歉，老師。』

「別在意，這無礙於計畫。只要讓他們以為是無差別恐怖攻擊，還能發揮佯動效果。」

『……嗯。』

洛基發出沮喪之語。責任感強是他的個性。

千賀溫柔地告訴這樣的他：

「雖然我想不會有問題，為保險起見，你能不能來這邊幫忙？幫我轉達卡莉和菈恩，在狄珊珀下指示前保持待命。」

『明白了。我立刻過去那邊。』

洛基說完便切斷通訊。

千賀摘下了耳機麥克風，並且隨手塞進口袋。然後他緩緩抬頭。棄置著堆積如山的生鏽廢鐵的工廠舊址。以暮色沉沉的倉庫街為背景，有個嬌小的女性站在那裡。長相有如洋娃娃般純稚的女性。

「似乎讓妳久等了。」

「無妨。反正也聽到了一些有趣的對話。」

面對千賀所打的招呼，女性甩了長髮搖搖頭。儘管口氣老成，嗓音卻正如其外表顯得咬字不清。千賀懷念得忍不住瞇著眼笑了出來。

「南宮那月……十五年沒見了吧。妳都沒變呢。」

「你倒是老了，千賀毅人。不過你的內在似乎沒成長多少。」

那月擺著鄙視般的冷漠臉色說。

千賀最後一次在歐洲見到她是二十過半的時候。當時那月的年紀與外表相符，仍是普通的人類。教那月如何與惡魔訂契約並給她機會成為魔女的人，正是千賀自己。

「我沒長進是嗎……不過，妳也一樣吧？專殺魔族的『空隙魔女』——」

「那倒不會。」

哼——看似無聊的那月對千賀嗤之以鼻。

「深淵之陷——『魔族特區』破壞集團這名號可真響亮，不過，你現在還是在利用小孩嗎，殺人？」

「說利用就意外了。我只是教他們使用力量的方法。和妳以前一樣。」

「你敢說摧毀『魔族特區』是出於那群小孩的意志？」

那月的聲音流露出一絲怒氣。

千賀鄭重地點頭承認：

「證據在於我連深淵之陷的指導者都不是。她們的指揮官另有其人。」

「然而，只要打倒你就能破八卦陣——在那之後，有話我再慢慢聽你說。」

打著陽傘的那月將傘輕輕一揮。那似乎成了信號，千賀四周出現成群的武裝警備員。他們是特區警備隊的隊員，部隊規模為兩支小隊，應該將近四十人。

「原來如此……看來妳確實有了一點改變。」

千賀佩服似的微微笑了。

換成以前的那月，大概會二話不說就殺了千賀。她絕不可能嘗試活捉千賀——更別說借用其他人的手。

千賀認定她在獲得要保護的事物以後就變得軟弱了。

「現在的妳是阻擋不了『深淵薔薇』的，南宮那月！」

特區警備隊的隊員們將槍口指向大放厥詞的千賀。隨後，工廠故址就傳出了地鳴般的巨響。

「什麼……！」

爆發性的咒力洪流突然充斥於四周，令那月臉色僵硬。

遺留在廢棄工廠地基的成堆廢鐵變得像具備意志的生物，開始流動並且越堆越高。不久那堆廢鐵就變成了巨人的形貌，還傍著黃昏的天空發出咆嘯。

7

古城和雪菜抵達人工島東區的倉庫街時，太陽已經下山了。因為爆炸事故導致單軌列車

誤點且車廂擁擠，搭車移動比預料中更花時間。

幸好凪沙去探望住院中的父親，要瞞著她溜出家裡並不難。古城還拜託她去看看投宿於公司的母親。這樣一來，至少今晚就不用在意凪沙的目光，大可自由行動才對。

「太陽下山以後實在滿冷的耶。」

古城朝著晚上無情吹來的海風聳肩說道。

雖然絃神島位於亞熱帶，在盛冬的夜晚氣溫多少會下降。倉庫街空蕩蕩又人跡杳然的氣氛，似乎更加襯托出寒冷。

「是啊。帶外套來這裡是正確的選擇。」

雪菜在平時穿的制服外面加了大衣，正用手按著被強風吹亂的頭髮。那是古城第一次看見的新大衣。

「哎……確實很漂亮就是了。再說挺新鮮的。應該說看也看不膩嗎？」

「什、什麼？」

古城忽然咕噥，讓雪菜慌張得全身僵住了。

「學長……你突然講些什麼啊……？」

「姫柊沒那麼喜歡嗎？」

「不是，雖然我的確很中意……再說這款式是凪沙幫忙挑的……」

雪菜揪著大衣領口，嘀嘀咕咕地用幾乎快要聽不見的音量回話。她的臉頰像是映著夕陽一樣紅。

然而，古城聽了她的話卻納悶地偏頭。

「妳在講什麼……？」

「咦？那學長又是在談什麼呢……？」

「沒有啦，這一帶才剛重新開發吧。所以我覺得夜景看起來滿新鮮的。」

「啊……？夜景？」

古城稀奇似的望著絃神島的夜景，雪菜則帶著彷彿受了傷的臉色瞪他。然後，雪菜立刻洩氣似的深深發出嘆息。

「這樣啊。就是說啊。」

「我想都沒想到，自己又會在這裡和妳一起看夜景就是了。」

古城沒察覺雪菜像是在嘔氣的表情，懷念地瞇起眼睛。因為他以前正好也跟雪菜一起來過這一帶。

那是四個多月前，絃神島發生魔族連續遇襲案時的事。

「學長控制不了眷獸，結果就把這一帶全燒光了呢。」

雪菜朝格外嶄新的大排倉庫看了一圈，還擺出有點壞心眼的表情開口。這附近的建築物之所以比較新，是因為最近剛重建的關係。將原本的舊倉庫街夷為平地的不是別人，就是古城自己。

「那時候不那樣做，我也救不了妳吧？」

「咦？是我害的嗎？」

雪菜聽了古城的反駁，訝異似的睜大眼睛。

「請等一下。雖然以結果而言，我確實被學長救了，可是我又沒拜託學長那樣做——」

「可是妳實際上差點就被殺了不是嗎？」

「話是這樣說沒錯，不過追根究柢，只要學長沒有讓眷獸失控，也就不會造成那樣的災情了！」

「沒辦法吧。那時候我還沒有吸妳的血。」

「也對……」

答話的雪菜不知為何突然變得面無表情。她從揹著的黑色硬盒抽出銀槍。收納的槍尖開展，金屬製槍柄隨之伸長了。

「現在學長好像不只吸了我的，還另外吸了好多女生的血耶——」

「等一下……為什麼現在要拔槍！」

古城看似害怕地後退。不過雪菜看的並不是他，而是和倉庫街有點距離的巨大工廠建築。那裡似乎是鍊金術廠房封廠後的舊址。

理應沒有人的廠房地基正散發出強大魔力，強得連對魔法生疏的古城也能明確感受到其波動。

「姬柊！那是——！」

「特區警備隊在那裡！難道……他們正在開火！」

在暮色當中，看似手槍開火的光芒正在閃爍。還聽得見疑似槍聲的聲響。毋庸置疑是槍戰。特區警備隊的隊員們正與什麼人交戰。

「原來深淵之陷的目標並不是儲糧嗎……！」

古城回頭看著背後的倉庫街大叫。

儲糧倉庫會被攻擊的假設，已經透過亞絲塔露蒂和那月聯絡過了。因此就算特區警備隊比古城他們早一步發現千賀等人也沒什麼好奇怪。

可是，成為戰場的工廠舊址離倉庫比鄰而建的區域有一公里遠。雪菜對意料外的狀況正感到困惑。

「怎麼可能……居然從那麼遠的地方發動咒術……！」

古城等人所站的倉庫街地面，浮現了無數有如發光血管般的裂痕。藉風水術聚集而來的龐大咒力正流向這一塊區域。

不久之後，埋在人工大地的岩石與金屬塊吸收掉那股咒力，開始動了起來。全高七八公尺的人形怪物，巨大的石頭魔像怪（Stone Golem）。

在怪物出現的同時，倉庫街濃霧瀰漫，還冒出龍捲般的暴風。全新的倉庫牆壁龜裂，被風掀起的瓦礫飛舞於半空。

「操縱狂風與波浪的傀儡……莫非是……石兵！」

「石兵？」

那是什麼玩意——古城反問愕然仰望著大群石頭魔像怪的雪菜。

「那是法奇門的絕技。據說以往蜀漢帝的軍師諸葛亮曾布下石兵，令吳將率領的五萬大軍四散敗逃。」

「五萬大軍……真的假的……」

古城總算理解風水術用來當戰爭道具時的恐怖之處了。優秀的風水術士可以隻身匹敵數萬大軍。運用從龍脈汲取的咒力操控巨石，甚至連天氣都能隨心改變。難怪會稱為大規模軍事術式。

「姬柊，有辦法用妳的槍對付嗎？」

古城瞪著浮現於地表的咒術脈動，並且向雪菜確認。雪菜不甘心地搖頭。

「因為是大地的氣脈在操控那些石兵……就算靠『雪霞狼』……」

「實在不可能讓那些術式全部失效嗎……！既然如此只能硬拚了！」

古城猙獰地露出犬牙。既然無法阻止風水術啟動，只得阻止其創造出來的怪物。在這種視野不良的情況下動用第四真祖的力量固然危險，但是沒時間猶豫了。

「迅即到來，『雙角之深緋（Alnas Minium）』！」

古城全身的血液有如沸騰似的綻放龐大魔力，並在虛空中召喚出巨獸。由狂風及振動的大氣具現而成，長有深緋色鬃毛的雙角獸（Bicorn）。世界最強吸血鬼——第四真祖的眷獸。

吸血鬼能在自己的血液中畜養眷屬之獸。

所謂的眷獸，是純粹而濃密的魔力聚合體。光是存在於那裡就能扭曲物理法則，還會以驚人速度吞噬宿主壽命。據說只有具備無限負之生命力的吸血鬼能召喚、使役眷獸。正因如此，吸血鬼是最強的魔族。

古城召喚的雙角獸用獸蹄掃過石頭魔像怪。魔像怪的堅固身軀就像沙雕般灰飛煙滅了。

雖然威力過猛將人工島的大地也挖去了一大片，但古城當作沒看到。第四真祖的眷獸蘊藏的力量太過龐大，駕馭極為困難。要精密操控幾乎不可能。就算多少得付出犧牲，總之現在得優先削減魔像怪的數量。然而——

「它們再生了……！」

飛散的瓦礫代替被摧毀的魔像怪，又化成人形站了起來。結果雙角獸越是摧毀它們，魔像怪的數量就增加得越多。

「原來是因為那樣才逼得五萬大軍敗逃嗎……！根本消滅不完！」

反覆喘氣的古城驚呼。建築物密集的倉庫街並非適合用眷獸戰鬥的地形。戰鬥拖得越久，災情越會加速度擴大。

「我去打倒施術者！學長在這裡幫忙爭取時間——」

如此大喊的雪菜衝了出去。她大概認為應該先打倒躲在廢棄工廠的千賀毅人，而不是無限再生的石兵。

可是，雪菜跑不到幾步就訝異地停下了。

因為倚著舊型速克達的嬌小少女正等在前面阻擋她的去路。

「不好意思，我可不能讓妳得逞啊。」

穿棒球外套的少女一邊摸著頭上戴的安全帽一邊露出苦笑。

雪菜愕然地叫了對方。

「狄珊珀……小姐……？」

「妳記得我的名字啊。真令人欣慰。可是，不必加小姐喔。」

狄珊珀回話的口氣和她們初次見面時一樣悠哉。

「果然妳也是深淵之陷的同伴……？」

古城趁著魔像怪再生的短暫空檔瞪向狄珊珀。即使看到她出現在戰場，古城內心仍感到無法置信。

「同伴啊。呵呵，這個詞聽起來不錯。」

狄珊珀愉快地笑了出來。

「『第四真祖』曉古城——不嫌棄的話，你也來當同伴吧？當然，鄰居小姐也歡迎。」

「……別開玩笑了！」

古城扯開嗓門打斷狄珊珀的話。

「妳會接近凪沙，也是因為妳曉得她是我妹妹嗎！」

「不對。那你就錯了。」

那你就錯了——狄珊珀重複強調。

「雖然我和她碰面並不是單純出於偶然……對了，硬要說的話，她比你早了一步。反正無論如何你都用不著在意吧？」

「為什麼妳要給我們提示？關於儲糧倉庫會遭到攻擊——」

「唔～～……為什麼呢……」

狄珊珀搖了搖頭，彷彿她自己也不清楚。

接著，她摘下遮著眼睛的防風眼鏡。火焰般輝亮的藍眼睛朝古城看了過來。

「大概是因為，我想和你再見一次面的關係。」

如此說完的狄珊珀露出了白色獠牙——吸血鬼特有的尖銳大牙。

8

「姬柊，我來攔住狄珊珀。」

古城朝旁邊的雪菜耳語。

狄珊珀的嬌小身軀正散發凌厲鬼氣。不過那對古城來說反而方便。因為對付不老不死的吸血鬼就不用考慮留手。

雪菜立刻理解古城的用意，並點頭回答：

「我明白了。那我趁這段空檔去對付千賀——」

「拜託，我不會讓你們得逞。」

在悠然大喊的狄珊珀背後，有道搖曳的巨大身影。彷彿披著厚實鎧甲的透明猛獸幻影。

那股驚人的威迫感比起古城的眷獸毫不遜色。

「眷獸嗎！」

雪菜對狄珊珀的壓倒性魔力產生戒心，原本打算疾奔的雙腿停下了。狄珊珀顯然與古城他們以往遇過的吸血鬼有異，身懷貨真價實的強大力量。儘管她的眷獸正發出龐大威迫感，卻無法預料其特性。

「可惡……！『雙角之深緋』！」

古城命令雙角獸攻擊。然而狄珊珀早了一瞬用她發亮的雙眸直直盯緊古城。

「退下，『雙角之深緋』——！」

「什……麼……！」

忽然感到強烈昏眩的古城忍不住跪倒在地。

咆吼的緋色雙角獸發出衝擊波子彈，可是它的破壞性吼聲並不是對著狄珊珀的眷獸。旁邊的數座儲糧倉庫被無情地粉碎了。

「學長！你到底在做什麼……！」

驚訝大喊的雪菜聲音顫抖，古城卻沒有回答。全身大汗的他正痛苦地喘氣。

「唔……喔……！」

「學長！」

雪菜察覺古城身上發生異變才回神瞪向狄珊珀。

可是，雪菜無法接近對方。因為從天而降的雙角獸擋到她面前，似乎在袒護狄珊珀。

巨大獸蹄搖曳如蜃景，正準備將理應是宿主的古城連同雪菜一起踩扁。

「唔！『雪霞狼』——！」

雪菜將渾身咒力灌入銀槍刺出。散發青白光芒的神格振動波以鋒刃斬開了緋色眷獸的攻擊，並且攔下其攻勢。

「厲害耶，鄰居小姐。」

狄珊珀讚賞似的說。雖然雪菜借助了靈槍之力，身為區區人類的她可是硬生生地將第四真祖的眷獸擋下。難怪狄珊珀會吃驚。

「不過，我沒有餘裕手下留情。可以的話，希望妳在受傷前先抽身。」

「那怎麼可能……！」

打算拒絕的雪菜背後，有另一股強大魔力出現的動靜。魔力來自剛才應該痛苦得身體蜷縮的古城。在狄珊珀靜靜俯視下，他正打算召喚出新的眷獸。

擁有琥珀色溶岩軀體的牛頭神（Minotaurus）具現成形了。第二眷獸「牛頭王之琥珀（Cor Tauri Succinum）」——

「什……」

雪菜發出了絕望的驚呼。即使靠「雪霞狼」的能力，也不可能同時擋下兩頭第四真祖的眷獸。

全身覆蓋灼熱熔岩的牛頭眷獸舉起了尺寸可比自身體格的戰斧。它的攻擊目標是倉庫街

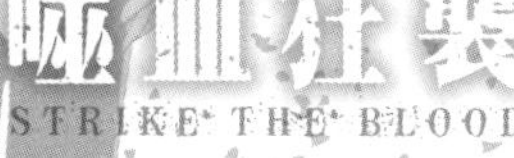

中心地帶。

然而，牛頭眷獸在揮下戰斧前一刻停止動作了。

攔住眷獸的是深紅荊棘。

從虛空中忽然冒出的無數荊棘纏住了眷獸，並且限制其行動。

「我事先警告過你們別多事才對……轉學生。」

有聲音從雪菜身旁傳來。與年幼嗓音不搭調的高傲口氣。虛空掀起微微漣漪，身穿豪華禮服的嬌小身影現身了。

「南宮老師……！」

「哼……不過，沒想到第四真祖的心靈居然會受到支配……妳是什麼人？」

面對南宮那月的問題，狄珊珀一聲不吭地露出微笑。只見吸血鬼少女的背後隱約晃過了她的眷獸身影。

「支配……心靈……」

怎麼可能——雪菜不禁出聲反駁。

吸血鬼的肉體對所有魔法都具備強大抵抗力。連世界最強夢魔(Succubus)「夜之魔女」江口結瞳的心靈攻擊也對古城起不了作用。

何況古城是吸血鬼真祖。就算雙方都是吸血鬼，狄珊珀應該也不可能占據古城的心靈。

然而實際上古城就是受了她的支配，還被奪走眷獸的操控權。

「轉學生，別理會曉古城的眷獸。妳的對手是那個女的。」

那月提醒遲疑的雪菜。雪菜默默點頭，然後用力握緊手中的槍。

狄珊珀好像困擾地挑了挑眉。她操控緋色雙角獸，命令它攻擊雪菜等人。然而，雪菜口中搶先吐出了肅穆的禱詞。

「狻猊之神子暨高神劍巫於此祀求——」

銀槍表面被好幾層魔法陣籠罩。

能斬除萬般結界、讓魔力失效的神格振動波光輝。那陣光並沒有化成利刃，而是在雪菜他們和狄珊珀之間設下一道屏障。

「雪霞的神狼，化千劍奔揚之鳴為護盾，速速辟除凶災惡禍！」

狄珊珀的眼睛變得更加輝亮，濃密的魔力洪流漫入大氣。然而，雪菜設下的屏障變成光盾，抵銷了那股力量。

「唔……！」

古城痛苦地吐氣。原本具現成形的兩頭眷獸消失蹤影了。

「學長……！」

「看來心靈支配解開了。」

雪菜趕到古城身邊，那月則無動於衷地說。

古城擦掉額頭的汗水，聲音沙啞地問那月：

「千賀……殺人呢……？」

「可惜讓他逃了。雖然特區警備隊正在追，不過毫無意義。那傢伙是誘餌。」

「誘餌？」

「將特區警備隊的視線誘離這座倉庫街的餌。妳也一樣吧，吸血鬼？」

認為自己該早一點察覺的那月不悅地瞪向狄珊珀。

狄珊珀則俏皮地微微吐舌笑了出來。

「還要鬥嗎？反正我們的目的已經達成了，我覺得再鬥也無濟於事。」

「你們……達成目的了？」

狄珊珀的古怪餘裕讓古城毛骨悚然。自己是不是犯了什麼無法挽救的誤解——他陷入這樣的不安當中。

瞬時間，人工島隨著地鳴聲搖晃了。

令人站不穩的衝擊撲向古城他們。

噴湧的火焰將夜空點亮成紅色。連原本沒有損傷的倉庫都在橘黃色閃光籠罩下炸飛了。

「倉庫被……」

古城茫然地仰望儲糧倉庫陸續起火的模樣。

炸彈早就裝好了。

廢棄工廠與儲糧倉庫有段距離，千賀毅人在那裡現身有其理由。他動用石兵等大規模術式；狄珊珀在古城等人面前招搖地使用能力，全都是為了誘敵。聲東擊西。

「引火能力者(Pyrokinesist)嗎……」

那月面無表情地轉向背後嘀咕。

陷入火海的倉庫街中央，有個衣服穿得像女生一樣可愛的嬌小人影站在那裡。藍髮的少年人工生命體。他從雙手放出了火焰將剩下的倉庫陸續點燃。

使用炸彈最難的部分並不在炸藥本身，問題是如何張羅讓炸彈按時引爆的裝置。只要能準備出色的引爆裝置，就算用一般的肥料或麵粉充當炸藥也足以濟事。

在搜索或拆除爆裂物時，引爆裝置也會成為重要的線索。當然，特區警備隊應該已經調查過倉庫裡所藏的引爆裝置了。

可是引爆裝置並沒有被找到。

用於引爆的並非裝置，而是擁有引火能力的過度適應能力者(Hyper Adapter)——那就深淵之陷所準備的爆裂物真面目。

「在基石之門發動爆破恐怖攻擊的凶手也是他吧。難怪地下停車場那些危險物偵測器派不上用場。破壞集團的稱呼並非浪得虛名嗎?不過——」

那月感嘆似的吐氣。接著,她隨手用收起的陽傘傘尖指向狄珊珀。金色鎖鏈從虛空射出,將狄珊珀全身纏住。

「……我不會再讓你們逃走。」

那月用冷冷的目光看向狄珊珀。狄珊珀扭身掙扎,卻無法擺脫那月的鎖鏈。擁有引火能力的少年人工生命體同樣被鎖鏈綁著。

狄珊珀看見同夥被逮,不知為何露出了哀傷的微笑。

「傷腦筋,沒辦法了。可以的話,我並不想傷害毅人的朋友就是了。」

被鎖鏈綁著的狄珊珀朝安全帽底下的耳機麥克風嘀咕:

「卡莉,麻煩妳了——」

她的話還沒說完,古城就看見有東西遠遠地發出亮光。有人正從距離一千公尺以上的大樓樓頂注視著這裡。

「——唔!」

雪菜帶著僵凝的臉色看了那月。

那月的嬌小身軀悄悄地彈飛到半空中。

遭到狙擊了——古城警覺。是狄珊珀的同夥,深淵之陷的成員中,有人從雪菜靠靈視也無法預測的超長距離朝那月開槍。

「竟然用上……咒式彈……！」

那月一臉愕然地咕噥。原本保護她全身的渾厚魔力屏障化為透明碎片，就此潰散消失。裝載龐大魔力的彈頭貫穿了那月的防禦膜。

「那月美眉！」

「南宮老師！」

古城用發抖的手抱起了那月滾在地面的身軀。挺身保護兩人的雪菜則持槍瞪著狄珊珀。

那月的禮服肩頭被轟得破破爛爛，受創的胸口暴露在外。

活像人偶的肌膚毫無生氣，迸出深深的裂痕。尖銳的象牙質碎片取代鮮血灑落。那月在這個世界的身體並非血肉之軀，而是靠魔力活動的假體。

可是，那月受了足以讓常人當場斃命的重傷，身體卻動都不動。

「確認彈著。準備第二射——」

狄珊珀朝著同夥的狙擊手呼叫。

原本綁著她的金色鎖鏈已經鬆脫落地。身為施術者的那月失去意識，使得鎖鏈跟著失去了魔力。

「我再說一次，曉古城。成為我們的同伴。」

狄珊珀低頭看著古城說道。那是宛如禱告的無助語氣。

在此瞬間，深淵之陷的狙擊手仍虎視眈眈。萬一古城拒絕狄珊珀的邀約，子彈八成會再度朝他們來襲。

即使如此，古城還是斷然搖頭。為什麼——狄珊珀落寞地瞇眼。

「知道深淵之陷的目的以後，你肯定也能理解。」

「雖然我不曉得你們有什麼理由，但是我沒有意願幫忙殺人犯啦。」

「是嗎？真遺憾……」

狄珊珀語帶嘆息地聳了聳肩。為了下達狙擊的指示，她的嘴唇在發抖。

然而，古城早一步召喚了新的眷獸。搖曳如蜃景的眷獸巨軀在他背後浮現。

「迅即到來，『甲殼之銀霧(Natra Cinereus)』——！」

「卡莉…………！」

原想不管一切下令狙擊的狄珊珀微微倒抽一口氣。

古城叫出的眷獸是幻影般的巨大甲殼獸。銀霧從它的全身冒出，含有魔力的濃霧在轉眼間掩蓋了古城等人的身影。

在優秀的狙擊手也不可能在這種狀況下進行精密射擊。

「這樣啊……拿霧當障眼法……不愧是『她選上的少年』……」

狄珊珀放棄追尋古城等人遠去的行跡，開朗地笑了出來。

透過霧之眷獸的能力，倉庫街的火災也逐漸平息。不過，原本儲藏的糧食應該已經燒掉了大半。深淵之陷的目的達成了。

「我們撤吧，洛基、卡莉。薔薇準備完畢了。」

狄珊珀告訴她的同伴。

然後，她短短地回頭看了紘神島的夜景。

人們大概再也不會看到這片夜景了吧。這樣的事實讓狄珊珀有些傷感。

但是她們的計畫不會停止。

薔薇覺醒——紘神島的瓦解已經沒有人能阻止了。

第二章 瞄準

In Her Sights

1

照耀海面的朝陽照亮了傾斜的船體。

煌坂紗矢華和斐川志緒坐在甲板一角，默默地各自望著大海的蔚藍。此外甲板上還聚集了大約幾十個乘客。

紗矢華他們搭的客貨船與另一艘運輸船發生衝撞，剛好是在昨天的這個時候。急遽的濃霧、雷達失靈加上操舵手分心，才導致了這場不幸的事故。

所幸沒人因此受傷，船體的損壞也不至於構成致命傷，但是兩艘船都失去了航行的能力，船內滲水的狀況更是十分嚴重。結果，乘客們落得只能在甲板上惶惶度過一夜的下場。

「我去領了賑災的飯糰喔。」

羽波唯里帶著四人份的飯回到船內餐廳。

看起來讓人擔心的葛蓮妲腳步搖搖晃晃地跟在唯里後面。她用兩手端著冒熱氣的茶壺和在場人數的紙杯。

「有茶，姐～～！」

「嗯。葛蓮妲好能幹。也謝謝妳了，唯里。」

志緒接下茶壺，然後溫柔地摸了摸葛蓮妲的頭。雖然志緒總給人冷淡的形象，不過她對小朋友或晚輩倒是照顧得不錯。她屬於會背著別人偷偷疼愛寵物的類型。

「來，煌坂。吃的時候要感謝唯里她們喔。」

「謝、謝謝……不對，妳憑什麼擺架子主持場面？」

紗矢華有些傻眼地瞪著志緒，並且收下配發的伙食。

雖然那是只有飯糰、醃漬物和燻蛋的樸素菜色，不過狀況如此也無法抱怨。船裡儲備的緊急糧食八成不算多充裕。

「聽說救援最快也要明天下午才會來。緊急糧食和飲水的庫存似乎勉強足夠就是了。」

唯里一邊往紙杯倒茶一邊將打聽來的情報轉達紗矢華等人。

志緒有點訝異地停下用餐的手，並且抬頭看唯里。

「明天傍晚？還真費時間耶……」

「光是這附近就還有三十艘無法航行的船，救援的腳步好像趕都趕不上。」

「三十艘啊……」

唔——志緒一邊摸自己的嘴脣一邊咕噥。實際上，光是她們眼裡所見的範圍內，就可以看到八艘漂流的船隻。

漂流的原因各式各樣，包括機械故障、衝撞障礙物。那些全都是突發性質的事故，看不出人為的破壞痕跡。然而，要當成單純的巧合一筆帶過，事故的數量未免也太多了。紘神島的海上交通在這種情況下，應該可以視為幾乎徹底麻痺了。

「妳有和船上借到無線電對不對？獅子王機關那邊怎麼說？」

「依然在調查原因的樣子。不過，紘神島上好像還發生了暗殺重要人士的事件。感覺那邊很有可能是碰到魔導恐怖攻擊。」

被唯里問到的志緒做了回答。情報之所以含糊不清，是人工島管理公社及紘神市警察陷入混亂所致。多虧如此，似乎連獅子王機關的本部也沒有掌握到正確情報。

「魔導恐怖攻擊嗎？」

唯里露出不安的臉色，然後將視線轉到了紘神市的方向。

「跟這場事故不會沒關係吧。我們幾個待在這種地方行嗎？」

「話雖那麼說，船動不了也沒辦法吧……」

志緒無力地發出嘆息。

「煌坂，妳怎麼想？」

「嗯？這裡的燻蛋有夠好吃耶……不能再拿嗎？」

紗矢華心不在焉地回答了用認真語氣問她的志緒。同樣張口吃著蛋的葛蓮妲也點頭表示

同意說：「妲！」

「誰在問妳吃的東西啊！」

志緒忍不住怒氣騰騰地大吼。

「啊～～好好好。妳想說這場事故會不會是有心人發動的咒術攻擊對吧？」

說完話的紗矢華不甘不願地抬頭。她在腿上攤開的手冊裡，寫了筆跡工整的細密計算式。計算途中還頻頻瞥向粗獷的軍用手錶和用來探知正確方位的電子羅盤確認。

「我想就是八卦陣沒錯了，可是局數怎麼算都不合。假設把紘神島放在太極的位置，要妨礙船隻接近紘神島就會在這一帶的海域打開凶門吧。不過照這個時段的六儀配置來看，根本不可能辦到那種事——」

至少要是能曉得施術者的流派就輕鬆了——紗矢華遺憾似的嘆氣。

志緒則啞口無言地望著紗矢華那樣的臉龐。

「煌坂，妳該不會想從內側打破敵人的咒術吧？這些都是妳一個人算出來的嗎……？」

「沒錯啊。畢竟獅子王機關的舞威媛總不能在中了敵人咒法後就一直任其擺布吧？」

紗矢華若無其事地聳肩回答。

獅子王機關的舞威媛是咒術及暗殺的專家。她們所習得的技法中，當然也包括與風水術相關的理論。儘管如此，要是她們被敵人的攻擊咒術擺弄，還落得在海上徘徊整整兩天的地步——可就變成天大的笑柄了。

「再說紘神島有曉古城和雪菜。假如放著不管，那兩人肯定會一頭栽進事件裡亂來。」

紗矢華用微微流露出焦慮的口氣嘀咕。目前這種想去幫雪菜他們卻又動彈不得的局面，八成讓她急得慌。

「……我也有欠古城和雪菜（小雪）人情。」

靜靜在旁邊聽的唯里瞄著志緒說。她正委婉地催促志緒幫紗矢華的忙。

「而且古城的爸爸還在住院對不對，志緒？」

「曉、曉牙城跟這無關吧！」

「他明明是為了掩護妳才受傷的耶。」

「唔……呃……！」

被唯里戳中痛處的志緒讓飯糰噎到了。

先前在神繩湖的事件中，志緒好幾次都被曉古城的父親救了一命。當時曉牙城受了傷，後來聽說是被送到紘神島的醫院。假如紘神島變成大規模魔導恐怖攻擊的舞台，他的人身安全自然也會有危險之虞。

「欸，局數之所以兜不攏，會不會是置閏方式亂數化的關係？」

不得已了——志緒一邊擺正姿勢，一邊對紗矢華提出建言。

紗矢華恍然大悟似的看向志緒。

「意思是對方將修正過的月相轉換成暗號了？這樣啊……既然如此，就要調換三奇六儀從頭計算才行。」

「煌坂，妳說的有道理，要是再乖乖地繼續吃悶虧，獅子王機關的舞威媛就名聲掃地了。我也來幫忙。把算式告訴我。」

志緒一邊說著活像藉口的開場白一邊走到紗矢華旁邊。

儘管兩人口氣火爆地爭論著這也不對、那也不對，還是攜手開始對咒術攻擊進行破解了。唯里喜孜孜地望著她們的身影微笑。

畢竟在同年的舞威媛候補生當中，紗矢華和志緒都是實力頂尖者。只要她們願意合力，再也沒有比這更可靠的了。

「不過，就算我們成功破解八卦陣，之後又要怎麼做？」

志緒一邊馬不停蹄地進行複雜的計算一邊問。

所謂八卦陣，就是用風水術建構的咒術性迷宮。利用大地氣脈的結界既複雜又牢固，不過只要能解析其術式，要找到出路就不難。麻煩在於這裡是太平央中央的現實條件。

「從這道術式可以想像，包圍紘神島的結界屬於依時間變化的類型。就算破解八卦陣找到了抵達紘神島的航路，陣法經過一定時間就會產生變化，將我們逃脫的路線堵住。要想辦法趕在那之前脫離才行——」

「問題就在那裡呢。」

紗矢華一邊在手裡轉鉛筆，一邊嘟著嘴脣。

「唔～～……我本來想過，要不要用獅子王機關的權限徵用這艘船上的救難艇，可是憑馬達小艇的速度也追不上陣法變化嘛。」

「對啊。再說續航距離也讓人不安。」

志緒難得沒有反駁紗矢華的意見。

研發用於軍事的八卦陣會亂數改變其陣形，速度又快。靠客貨船搭載的救難艇（Rescue Boat）極有可能無法應對陣法的變化速度。這樣的事實讓紗矢華她們捧頭苦思——

「呃……我可以插一下話嗎？」

這麼說的唯里舉了手。

紗矢華和志緒表情納悶地看向她那邊。唯里是專才在於和魔族肉搏的劍巫，風水術一類的大規模咒術在她的專門範圍外。

或許唯里對此也有自覺，她有點沒自信地將眼光飄來飄去——

「比小艇跑得更快更遠的移動方式，我倒想得出一種……」

唯里說完，就看了自己旁邊。

有個鐵灰色長髮的少女在她身邊。

「……妲？」

大口吃著飯糰的葛蓮妲似乎發現自己忽然受到眾人注目，一臉疑惑地偏了頭。

2

鑲在整片牆上的大螢幕電視正播出倉庫街熊熊燃燒的景象。那是紘神島的儲糧倉庫在昨晚發生爆破恐怖攻擊的現場畫面。

爆炸所引起的火災恰好被當時的強風吹得蔓延開來，經過了一晚到現在仍無停息跡象。

人工島管理公社在這次魔導恐怖攻擊失去的儲糧，據說大約可以換算成每個紘神市民六十天份的食物。更有說法指出損失金額不下一兩百億。

「喔喔，燒得好厲害。」

妮娜·亞迪拉德看著火災現場的轉播畫面，講出了不負責任的感想。身高不滿三十公分的她是有副東方美麗臉孔的液態金屬生命體——自稱「古時的大鍊金術師」。精確來說，那模樣是大鍊金術師在山窮水盡後落得的下場。

「妳講得也太輕鬆了，就算不關妳的事。」

古城一邊瞪著妮娜一邊用疲憊不堪的語氣開口。

地點是南宮那月擁有的公寓，他們人在空曠的客廳。昨晚，那月遭深淵之陷狙擊，古城和雪菜就將受傷的她——不，他們就將那月損壞的軀體直接抬到了這裡，然後迎接早晨。

古城和雪菜從昨晚就絲毫沒睡。替那月療傷；聯絡特區警備隊，種種雜務讓他們忙得沒空休息。多虧如此，兩人已經達到疲勞高峰。即使如此，他們還是擔心倉庫街燒個不停的火勢，事到如今也沒興致睡覺了。

「現在才惋惜那些烤焦的食材也於事無補啊。」

彷彿在挖苦古城他們的妮娜淡然直言。

「不過，那群叫深淵之陷來著的傢伙是該控制火候。如果能將冷凍肉烹調得好一些，就不會徒招怨恨了。」

「就算把肉連著倉庫一起烤了，也沒人會感謝他們啦。」

又不是在舉辦烤肉——古城板起臉孔。然後他懶懶地嘆氣。

「就是因為妳胡說八道，害我肚子都餓了。」

「啊……」

坐在妮娜旁邊的叶瀨夏音有些急忙地站了起來。

夏音目前穿著淡藍色睡衣。大概是因為古城等人在她就寢前找上門，讓她錯失了換衣服的時機。

「對不起，大哥。我立刻去準備早餐。」

「啊……叶瀨，不對啦。我說的不是那個意思。」

古城連忙叫住急著想去廚房的夏音。雖然說夏音是那月家裡的食客，假如古城他們已經打擾到與風波無關的夏音睡覺，還讓她幫忙準備早餐就太過意不去了。夏音卻微笑著搖搖頭，然後就默默離開了。

「我去幫忙她。」

「啊，等一下。我也要去。」

這麼說的雪菜和古城打算追到夏音後面。妮娜阻止了他們倆。

「慢著慢著，讓夏音盡情去忙吧。動手做飯應該也可以排解她的不安。再說能與你們一起吃飯，夏音也會覺得開心。畢竟妾身和那月都嘗不出人類食物的味道。」

「這樣啊……對了，妳們的身體都……」

古城表情僵硬地看了自嘲般露出笑容的妮娜。

妮娜是金屬生命體，就算她能透過物質轉換來攝取食物，也吃不出料理的味道。那月應該也是一樣。

那月原本的肉體始終沉睡於她那名為「監獄結界」的夢中。待在現實世界的那月是她靠魔力操控的分身。

雖然古城明白其原理，但是實際目睹仍大感吃驚。那月遭到咒式彈直擊而損壞的軀體只是具無生命的人偶。

「不知道南宮老師是否平安……」

雪菜不安地垂下視線說。

古城和雪菜並沒有參與那月的治療。實際上只有妮娜和亞絲塔露蒂檢查過那月損壞的身體。古城他們不會修理魔法操控的假軀，而且他們也覺得那月應該不喜歡自己受傷的模樣被看到。

「哎，她本人應該無恙。要傷到囚於自身夢中牢獄的『空隙魔女』本尊可非易事。」

妮娜不以為意地說。

「話雖如此，供魔法操控的假體人偶變成那樣，狀況倒不樂觀。她要在現實世界活動，大概得等上很長一陣子。畢竟假體遭破壞的衝擊應該也傳到了那廝身上。」

「這樣啊……」

古城心情沉重地點頭。

對那月來說，那具假體人偶應該類似於音樂家愛用的樂器——古城如此想像。假如樂器在演奏時毀壞，演奏者也會受到相當的傷勢。即使傷勢痊癒，樂器壞了當然就無法進行正確的演奏。何況替代的道具也不可能立刻就能張羅到。

「不能用妳的能力設法嗎？妳是古時的大鍊金術師吧？」

「如果只是要修護假體，那算小事一件。」

妮娜答得乾脆。對能自由操控物質元素的她來說，沒道理不能讓壞掉的人偶復原。

「可是，那樣並無意義。就算把人類的傷口縫好，也不會立刻就能和以前一樣活動吧？原理是相同的。好比要接回斷掉的血管和神經，就得讓那月花時間運行自己的魔力。」

「表示世界上的事情並沒有那麼便宜嘍？」

古城看似失望地靠到沙發上。嗯——妮娜搖頭。

「即使打著魔法或鍊金術的名號，也無法違逆世界的道理。這一點無異於科學。實在不甚方便吶。」

「哎，那我明白啦。」

坦白講，打擊滿大的——古城忍不住講出真心話。

古城並沒有小看深淵之陷的意思，不過他心裡毫無根據地深信：有那月在總能克服吧。到頭來，古城還是對她依賴到極點，感覺好似被迫面對自己的天真。

「對不起……都是因為我沒能預防狙擊……」

低頭的雪菜小聲嘀咕。她應該是對自己擁有洞穿片刻後未來的能力——靈視之力，卻沒能援救那月這一點感到自責。

「獅子王機關劍巫所用的未來視啊？」

妮娜感興趣似的挑眉。

「不過，就算能洞穿片刻後的未來，還是對肉眼無法看到的物體無可奈何吧？要打下從距離超過一公里遠的地方開槍，飛來的速度又比音速快兩倍以上的子彈，原本就不可能才對。哪怕是妳以外的人也一樣。」

「可是……」

無法回嘴的雪菜緊咬嘴脣。

假如是普通的步槍彈，劍巫就能輕易閃過。即使看不見子彈本身，她們還是可以從彈著瞬間的預知景象判斷出彈道。

然而，深淵之陷是採用反物資步槍進行超長距離射擊，而且用的子彈屬於咒式彈。正如妮娜所說，那月受傷並不是雪菜的責任。雪菜本來就無能為力。但是對雪菜而言，與其說那是安慰，感覺更像被迫面對自己身為劍巫的極限。

「哎，實際上，那群叫深淵之陷來著的傢伙會頭一個狙擊那月也是理所當然。畢竟使用空間移轉魔法的她，就像是狙擊手的天敵。」

妮娜佩服似的哼了一聲。

就算潛藏在幾公里遠的地方，那月都能瞬間移動那段距離。對狙擊手來說，再沒有比這更棘手的敵人。因此深淵之陷才會找那月開刀。他們趁古城等人還沒警覺到有狙擊手，就除掉了最大的障礙。

「是喔……那就不妙了……」

古城發覺事情的嚴重性。那月陷入無法戰鬥的狀況，他們就沒有辦法防止深淵之陷的狙擊。就算古城被稱為不死之身，假如受到半邊身體被轟掉的重傷，要復活也得花上一段時間。要是連雪菜的靈視都閃不過，古城他們就沒有手段能對抗了。

「基本上要對付恐怖分子，從落於被動的那一刻就沒有勝算了。除非我們能主動出擊，否則最少也得預先埋伏才行。」

「用嘴巴講是很簡單啦。」

古城嫌煩似的看向一臉內行地提出建議的妮娜。

客廳的門正好在此時打開，南宮家的另一名食客出現了。

有一頭藍髮的嬌小人工生命體——亞絲塔露蒂。或許是為了陪伴身體受損的那月，她身上穿的並非平時那套女僕裝，而是淡粉紅色的護士服。

「欸，亞絲塔露蒂。那月美眉狀況怎麼樣？她還好嗎？有沒有說些什麼？這種時候不管有什麼提示都好……」

古城懷著一絲期待問對方。亞絲塔露蒂卻依舊面無表情地微微偏頭說：

「由於檢索條件不明確，我無法回答。」

「好、好啦……抱歉。」

亞絲塔露蒂不通人情的回答合乎她的本色，讓古城聽了不由得道歉。

雪菜代替他又問：

「南宮老師有沒有什麼指示呢？」

「吻合的項目有一件。受託調查關於薔薇的情資。」

「……薔薇？」

「我表示肯定。內容為調查『深淵薔薇』。」

古城與雪菜困惑地面面相覷。沒聽過的字眼。然而，古城覺得從詞彙給人的印象來想，和深淵之陷應該脫不了關係。即使他對妮娜投以視線求助，妮娜也只是一臉不懂地搖搖頭。

「讓大家久等了。」

當古城等人正為神祕的「薔薇」真面目頭痛時，穿著圍裙的夏音回來了。早餐好像已經準備好了，飯廳傳來烤麵包的香味。

「嗯，謝謝妳，叶瀨。」

「對不起喔，我都沒有幫忙。受妳招待了。」

被餐點香味吸引的古城和雪菜站了起來。

妮娜抬頭看著這樣的他們，愉快笑道：

「吃吧，別客氣。誰曉得這座島上的糧食能撐多久。」

「………」

妳講話真難聽耶——這麼想的古城認真地板起臉孔。

3

穿制服的藍羽淺蔥腳步懶散地走在瀰漫著薄薄朝靄的坡道上。

淺蔥「呼啊」地打了個大呵欠，然後擦掉眼角浮出的眼淚。由於她昨晚趕著搶修特區警備隊的伺服器直到深夜，幾乎都沒睡。

「停課就停課，早點通知我們嘛，害我白白早起。」

淺蔥不耐煩地朝著拿在手裡的智慧型手機抱怨。

人工島東區發生爆破恐怖攻擊，導致絃神市內的公立學校全都臨時停課。淺蔥等人就讀的彩海學園也不例外。

基本上，早就出門的淺蔥是在剛抵達離家最近的車站時才收到停課消息。早知道從一開始就蹺課了——她感到有些後悔。

『咯咯，那些老師好像也相當慌張。』

手機喇叭傳來了亂有人味的合成語音。管理紘神島全土的五座超級電腦的化身(Avatar)——被淺蔥取名為「摩怪」的人工智慧(AI)語音。

「就是啊。哎，碰到這種狀況也難怪啦。」

淺蔥瞥了一臉凶樣站在各個路口的警官，並且微微聳肩。

單軌列車的車站及公車站甚至還部署了武裝過的特區警備隊隊員。實際來說，紘神島上設有監視攝影機和感應器組成的警備網路，這種原始的警備及巡邏意義並不大。

即使如此，之所以會特地派警官站在醒目的地方，與其說是為了對付恐怖分子，倒不如說是為了防止市民暴動才對。島外供給的糧線既已中斷，現在連儲糧倉庫都被破壞了。市民會懷有不安或不信任的想法，反而是理所當然的事情。

『可是小姐妳卻在外面走動，這樣行嗎？』

面對摩怪挖苦似的質疑，淺蔥坦然地笑了出來。

「不會有問題吧。特區警備隊好像連沒有輪班的隊員和魔族傭兵都統統動員了，就是要

把犯人徹底搜出來。再說島內監視網路也復原啦，那群不知道包什麼餡的傢伙要行動沒那麼簡單。」

『妳明明差點就被宰，真是有種耶。』

「反正對方的目標又不是我。」

淺蔥表情強悍地朝著講話沒好氣的摩怪回嘴。

昨天的汽車炸彈確實叫人吃驚。不過對於被恐怖組織盯上這件事，淺蔥心裡並沒有底。還不如想成是碰巧遇到無差別爆破攻擊的現場才比較合理。想到自己不可能接連碰上好幾次那種不幸的巧合——她甚至還覺得寬心。

「哎，和基樹見到面以後，我就會立刻回家啦。反正古城八成也很擔心他。」

淺蔥說完就在空蕩蕩的巷道拐了彎。

矢瀨的父親受到基石之門的爆破恐怖攻擊波及，至今仍下落不明。事件發生後已經過了半天以上，據說連存活的希望都難求。

雖然援救工作的進展令人在意，但是淺蔥更擔心矢瀨的精神狀況。他們到底是從上小學以前就認識的老交情。以感覺來講與其當成朋友，淺蔥覺得矢瀨更像個靠不住的哥哥或弟弟，正因如此，她也很了解矢瀨的性格。

矢瀨肯定會沮喪得心情一落千丈，然後耍自閉。平常他表現得越是輕浮，一旦消沉起來也就越陰沉。雖然這不是打打氣就能解決的狀況，淺蔥還是想去跟矢瀨見個面，她目前正走在到矢瀨住處的路上。

此時，手機在淺蔥手裡微微震了一下。她還沒確認螢幕，摩怪就擅自告訴她內容。

『有簡訊，小姐。古城小哥傳來的。』

「古城傳的？他講了什麼……？」

淺蔥的聲音無意識地變得心花怒放。古城在這一大早主動聯絡她可不是常有的事情。

『他想叫妳幫忙調查「深淵薔薇」這個字眼。』

「──那白痴到底把我當什麼啊。紘神島都變成這樣了，還以為他多少會關心我……」

『咯咯……小姐，妳白期待嘍。』

「要你管！」

將手機緊緊握得嘎吱作響的淺蔥大罵。

「不扯那些了，『深淵薔薇』是什麼？你有眉目嗎？」

『天曉得……我簡單搜尋了一下，可是找不到跟這座島有關的情報。』

摩怪似乎早料到淺蔥會問它，回答得很快。

「人工島管理公社的凍結書庫裡面呢？」

『無吻合項目。要到別國（別人家）的情報機構挖情資也可以，不過那就得花時間了。』

「沒辦法嘍。反正八成跟他講過的『魔族特區』破壞集團有關係吧。為什麼那傢伙老是瞞著我去冒險啊。想到就火！」

淺蔥不耐煩地嘆氣。照古城他們那種調性，恐怕也被昨晚的儲糧倉庫事件牽連進去了，肯定不會錯。

「幫我跟古城說我會調查，要他等一等。還有，我現在要去基樹家探望，叫他有空的話也要來。」

『是是是。』

淺蔥沒理會笑著答話的摩怪，把手機塞到了制服的口袋。這時候正好可以看見矢瀨的住處了。

在紘神島算罕見的木造兩層樓小公寓。一樓住著房東一家人，矢瀨則租了二樓的其中一個房間獨自生活。

有個穿彩海學園制服的女生站在那棟公寓的樓梯前。

察覺到對方的淺蔥停下腳步。

「我記得……那個人是……」

唔唔——淺蔥蹙了眉頭。

對方是個戴眼鏡且氣質樸素的女生。雖然淺蔥沒有直接和對方講過話，但是她對那個人有印象。那應該是矢瀨經過長達幾個月的熱烈追求，後來便開始交往的三年級學姊。

那個學姊面無表情地望著矢瀨住的公寓，杵在樓梯前動都不動。

她在胸前捧著裝了水果的籃子——探病時會當伴手禮的那種豪華綜合水果籃。

「呃……如果妳要找基樹的房間，他是住在二樓的三號房喔。」

淺蔥試著從戴眼鏡的女生背後這樣搭話。她猜想，對方應該不曉得矢瀨住哪個房間，正在傷腦筋。

可是，對方一看見淺蔥就害怕似的目光閃爍，然後直接拔腿就逃。心慌的人應該是淺蔥才對。

「啊，等一下……請妳等一下！那個……妳是基樹的學姊，對不對？」

淺蔥的呼喚似乎管用，原本想跑離現場的對方停下了。

於是，對方用十分不安的表情看了淺蔥。那種表情，簡直像戀愛漫畫中碰上男朋友外遇現場的懦弱女主角。

「啊，不是的！我跟基樹只是普通同學，我是看在童年玩伴的情誼才來探望他。假如會打擾到你們，那我現在就回去！」

淺蔥快嘴快舌地朝著怕得像隻小動物一樣的學姊解釋。在這種時候牽扯到奇奇怪怪的誤會或麻煩，她可吃不消。

「呃，我和基樹真的什麼關係都沒有。我已經有男朋——雖然還不算男朋友啦，不過性質差不多。」

「…………」

戴眼鏡的學姊默默望著拚命解釋個不停的淺蔥。接著，她把捧在胸前的綜合水果籃遞到淺蔥面前。淺蔥不自覺地反射性收下了。

「啊……！」

對方趁著淺蔥把心思放在水果上的空檔，又拔腿逃跑了。發生於剎那間的狀況來不及阻止，淺蔥只能茫然看著對方的背影越變越小。

『啊～看她那樣是徹底誤會了吧。』

用含糊嗓音這麼說的摩怪咯咯地笑了出來。

「欸，別鬧了！是我害的嗎！」

淺蔥不知所措地杵在原地，而後深深嘆息。

4

被人遺落的舊籃球劃出平緩的拋物線，讓生鏽的籃框吸了進去。

古城默默地在杳無人煙的公園一角反覆投籃。每次有什麼事情碰壁就埋頭投籃，是當過籃球少年的古城從小學養成的習性。即使現在被人稱為世界最強吸血鬼也沒變多少。

大約一小時前，古城他們吃完夏音做的早餐，離開了那月家。目前他們正在等淺蔥回訊。因為除了拜託淺蔥以外，古城想不到調查「深淵薔薇」的其他手段。

「總覺得……氣氛很不舒服耶。要說是恐慌前的寧靜，或者殺氣騰騰嗎？」

投籃差不多投膩的古城一邊在飲水台洗臉一邊嘀咕。

或許是他的心理作用，出外走動的人格外稀少。可是，街上只有警方巡邏車及特區警備隊的裝甲車特別醒目。

另一方面，超市及便利超商等店家仍然正常營業，不協調的景象有種詭異感。人們勉強照常過生活，感覺反而造成了社會緊張的樣子。

「是我的責任……」

雪菜一邊將毛巾遞到古城面前一邊軟弱地回答。她突然那麼說，讓古城有點困惑。他以為是水聲讓自己聽錯了。

「啥？」

「我沒有保護好儲糧倉庫，才會變成這樣……」

「不不不不……為什麼會扯到那邊？妳的工作不是保護倉庫吧？」

「可是，明明我身為獅子王機關的劍巫……」

雪菜臉色十分沮喪地說。古城才在想她從昨晚就不知為何變得很少講話，結果原因似乎是她在煩惱那種事。

據說獅子王機關的主要任務是阻止大規模魔導災害及魔導恐怖攻擊。雪菜被派來監視古城，也是因為第四真祖的危險性被視為和國際恐怖組織、大規模災害同等級的關係。

因此，沒能阻止儲糧倉庫爆破這件事對雪菜的打擊應該遠比古城想像中嚴重。不過——

「妳是實習中的劍巫，對吧？」

古城糾正了雪菜，還用兩手捏她的臉頰。古城直接把臉皮往左右兩邊拉，硬要雪菜露出笑臉。

「呃……學長……？」

雪菜帶著疑惑的表情任古城擺布。

令人訝異的是，雪菜即使這樣也一樣漂亮。至少古城認為比她獨自煩惱時要好得多。

「以前我跟妳講過自己在籃球比賽中捅婁子的事情吧。」

「是啊……」

古城忽然這麼咕噥，雪菜便臉色安分地點了頭。

以前古城曾經豁出去想憑一己之力贏得比賽，讓隊友和比賽對手都陷入了不幸。雪菜現在懷著的情緒，和古城那時候的抑鬱相當類似。

「眷獸落入狄珊珀掌控時，我想起了那時候的事情。」

「咦……？」

「被稱為世界最強吸血鬼的我太自滿，覺得自己可以獨力拯救這座島，後來就落得那副慘狀了。明明那月美眉也叫我別多事的。」

「可是……那件事……」

並不是古城一個人的責任——雪菜話說到一半，又把話吞了回去。

古城當時根本無能為力。然而，那之於雪菜也是一樣的。他們無法預先得知狄珊珀的能力，也沒有防範狙擊或爆破的手段。

縱使古城得到了第四真祖之力，他的身分仍是一介高中生，而雪菜則是他的監視者。他們要贏過連特區警備隊都提防不了的破壞集團，從一開始就力有未逮。

雪菜好像終於想通了，她的臉不再緊繃。

「學長……可是……」

「嗯，我了解。我不管對方是『魔族特區』破壞集團還是什麼，深淵之陷同樣是自以為是地利用力量的一群人吧。」

古城說完，就放開了雪菜的臉頰。他把視線轉向至今仍湧上黑煙的倉庫街，然後用右拳搥在左手掌心。

古城心裡曾有股傲慢，認為自己有第四真祖之力就能阻止深淵之陷。雪菜則是本著身為劍巫的義務感在行動。然而，光這樣不行。

狄珊珀擁有連第四真祖眷獸都能支配的力量。

而且，對方還當著古城他們眼前傷害那月。

接下來，已經不是紘神島和深淵之陷的戰爭了。事情變成了狄珊珀一干人和古城他們在個人方面的戰爭。正因如此，古城非得阻止深淵之陷。現在的古城等人有理由阻止他們。

「對方要了多少，我們就得討多少回來才可以。」

「是！」

雪菜目光堅定地點頭，表情讓人聯想到對飼主忠心的小狗。

雪菜那認真好懂的模樣讓古城微微露出苦笑。

「——話雖這麼說，問題在於狄珊珀的眷獸吧。那股力量到底是什麼？」

古城想起昨晚狄珊珀召喚出來的眷獸形影，擺了副苦瓜臉。

原本古城以為深淵之陷最大的威脅，在於千賀毅人的風水術。然而，他錯了。雖然名叫卡莉的狙擊手和操控引火能力的人工生命體也是十足危險的對手，但是對古城來說，最難對付的還是狄珊珀的眷獸。

能操縱他人眷獸的眷獸。某方面而言，那算是最強的眷獸。

畢竟她連身為第四真祖的古城的眷獸都可以支配。不設法克服那一點，無論交手多少次古城也沒有勝算。但是──

「──我對那頭眷獸的真面目心裡有數。包括防止狄珊珀小姐攻擊的方法也是。」

雪菜卻不知為何露出了憂心的神情，不過她仍如此斷言。

古城訝異地看了她。

「是這樣嗎？」

「是的。不過，我已經證明『雪霞狼』可以破除她的心靈支配。狄珊珀小姐知情以後，下次還會不會老老實實地正面迎戰學長就難說了……」

「這樣啊……說的也對……」

狄珊珀的目的是摧毀絃神島。她沒有理由和古城硬拚。

「可是，那也代表她就算不利用我的眷獸也一樣可以摧毀絃神島吧？」

「咦？啊，對呀……是這樣沒有錯……」

雪菜出乎意料似的陷入沉思。

第四真祖的眷獸各擁有足以輕易燒光一兩座城市的破壞力。假如能支配他人眷獸的狄珊珀要摧毀絃神島，操縱古城的眷獸應該是最省事的辦法。然而她到目前為止，都沒有打算積極地利用古城。

「意思是，他們還準備了其他讓絃神島瓦解的手段嗎？」

「我不清楚。」雪菜搖頭回答：「獅子王機關應該正在重新調查『伊魯瓦斯魔族特區』瓦解的那個案子，事情卻幾乎沒有留下紀錄的樣子——」

「姬柊妳那邊的組織實在讓人搞不懂可不可靠耶……」

「或許是吧……」

唔唔——雪菜自責似的低頭。古城則表示這下頭大了，邊嘆氣邊嘀咕：

「剩下的線索就只有『深淵薔薇』這個詞嗎……」

幾乎同一時間，古城的手機傳出震動了。是有簡訊傳來的音效。

「藍羽學姊寄的嗎？」

臉上流露期待的雪菜問道。

可是，古城看了手機顯示的簡短訊息，然後對她聳了聳肩。

「嗯。她說會姑且調查看看關於薔薇的情報，不過得花時間。還有她要去矢瀨家探望，叫我也一起去。」

「矢瀨學長的父親是不是——」

「新聞什麼都還沒有報導吧。總之，我們去看看吧。」

「好的。」

古城確認過雪菜點頭，就把視線轉到了車站的方向。

瞬時間，古城在視野一隅捕捉到異樣的人影，因而警覺地擺出架勢。

中性身材的嬌小少年忽然憑空現身了。

和亞絲塔露蒂一樣，不可能出現於自然界的藍色頭髮。那顯示他是透過鍊金術和基因操作才創造出的人工生命體。

「不好意思，在那之前能不能請你陪陪我們，第四真祖？」

聽得見澄澈有如變聲前小孩的男童高音。

少年周圍有搖曳的蜃景。他利用溫差造成的空氣折射作用，隱藏了自己的身影。

「你是……昨天晚上炸掉倉庫街的……！」

「叫我洛基就好，曉古城。我們的老師……千賀毅人希望跟你談談。」

擁有引火能力的人工生命體用缺乏抑揚頓挫的口氣告訴古城。

「事到如今有什麼好談——」

古城氣得皺起臉。

他們根本沒有理由答應跟對方談。如果要深淵之陷的情報，抓住這個自稱洛基的少年問

出來就行了。古城邁步想接近對方——

「學長，不可以！」

雪菜阻止了古城。

呼——洛基不為所動地吐氣，然後緩緩朝走在周圍的路人看了一圈。

雖說人流比平常要少，這裡仍在車站旁邊。並非完全看不到行人。

「我想你們也明白吧，狙擊手正瞄準著你們。希望流彈不會射中無關的人。」

洛基告訴古城。語氣平淡歸平淡，但除了威脅以外沒其他用意。

「你……！」

「我懂你的心情，第四真祖。不過，要廝殺的話，談過以後再動手也還不晚吧？」

洛基面色不改地問。古城嘴裡發出了咬牙的聲音。

「我該去哪裡？」

古城語氣壓抑地問。

洛基當著他們面前轉了身，然後毫無防備地直接往前走。

「你馬上就會知道了。我們沒辦法做什麼像樣的招待，別太期待。」

誰會期待啊——古城暗自咒罵。

5

那棟建築物悄悄地蓋在商業區的暗巷。招牌上印著可愛畫風的肉球標誌。千賀寵物醫院——這是建築物的名稱。

「……動物醫院？」

讓洛基領路的古城和雪菜抬頭看完那塊招牌，感到混亂似的停下腳步了。

建築物本身是尋常無奇的動物醫院。小巧建築裡統一使用粉色系粉刷，窗戶還貼了好幾隻用彩色圖畫紙拼成的可愛動物。

「難道千賀毅人就在這裡……？」

「沒錯。這裡就是深淵之陷的祕密基地。」

洛基回答了問得半信半疑的古城。動物醫院的入口掛著寫了「休診」的牌子。洛基毫不客氣打開入口的門，然後走進醫院。

古城和雪菜縱然猶豫，也只能跟到他的後面。

院內候診室的氣氛完全像動物醫院。

「居然潛伏在這樣的街上……」

真難以置信——雪菜用如此的口氣嘀咕。

洛基則露出有些得意的態度轉頭說：

「躲在醫院，就算有不眼熟的人進進出出也不會被懷疑，還可以弄到危險的藥品。在社會上也多少有信用。很方便吧？」

「把我們帶來這樣的地方好嗎？」

單純感到疑惑的古城問。洛基冒出隨便聳了聳肩的動靜。

「因為這是老師決定的。」

「老師是嗎？」

古城自言自語：原來如此。如果是動物醫院的醫師，就算被稱為老師也沒什麼好奇怪。

（註：日文中對醫生及教師用的敬稱相同）

洛基招了招手，要古城到裡面的診療室。

貼著可愛手寫標語及海報的院內充滿了田園氣息，讓人覺得提防陷阱似乎很蠢。

有個坐在樸素辦公椅的中年男性正在診療室等候古城他們。

他穿著皺巴巴的灰色外套，留長的頭髮宛如神經質的藝術家。

男子察覺古城他們走進房間，就愉快地瞇了眼睛，充滿好奇的表情有如在打量熟識的學生一般。

「第四真祖還有獅子王機關的劍巫嗎？來得好。我要向你們表達謝意。」

男子語氣平板地開口。他那感受不到敵意的態度讓古城有點疑惑。

「你就是千賀毅人？」

「沒錯。」

「用風水術封鎖絃神島的人，也是你嗎……？」

「哎，算我做的好事。」

即使被古城用沒規矩的態度質問，千賀也毫不惱怒地淡然回答。

在這樣的千賀背後，可以看見淡粉紅色的窗簾晃了一下。有個穿著寬鬆厚大衣的少女從窗簾後面探頭出來。臉孔雖然可愛，眼神卻凶悍又面無表情，脖子上圍了長長的圍巾。外表年紀和洛基相去無幾，差不多十幾歲左右。

她用托盤端了盒裝冰淇淋過來。分別把香草和巧克力口味的冰淇淋遞給古城和雪菜以後，她自己則拿了剩下的最後一盒。

「吃吧。」

「謝、謝謝。」

被圍巾少女催促的雪菜反射性地答謝。

另一方面，古城低頭看著拿到的冰淇淋，臉上露出尷尬的表情。因為冰淇淋盒蓋上用黑色麥克筆寫著警示句：「狄珊珀的！」

「呃，可是這上面……」

「沒關係，反正都沒有人會在意。」

「是、是喔。」

擅自吃掉可以嗎？端出來招待客人的東西都不碰也失禮吧？古城糾結於兩種常識中間。總之局面演變至此，已經消去了他的緊張感。

「深淵之陷的成員全是小孩，讓你感到意外嗎？」

等圍巾少女離開房間，千賀才問道。

廢話——古城一聲不吭地瞪了他。姑且不提身為吸血鬼的狄珊珀，洛基和剛才的圍巾少女顯然都未成年，也許年紀還比古城他們小。

古城不認為他們那樣會有摧毀「魔族特區」的動機。

然而，千賀自嘲似的淡淡笑了出來。

「你聽了或許會覺得是藉口，不過我並沒有強迫他們以深淵之陷的一分子自居。摧毀『魔族特區』是他們所希望的事。」

「不就是你慫恿他們那樣做的嗎……？」

雪菜用了意想不到的強硬口氣指責千賀。

「你把恐怖分子的技術灌輸在什麼也不曉得的小孩身上——」

「我倒沒想到被獅子王機關養育成攻魔師的妳會指責這一點。」

「……！」

千賀無意的一句嘀咕，讓雪菜為之屏息。從小成為劍巫候補而反覆接受戰鬥訓練的雪菜和洛基他們的遭遇，雖有光與影一般的差別，卻相像得有如攬鏡自照。

只不過碰巧撫養雪菜的是政府特務機構，而洛基等人則是被深淵之陷所撫養，差異僅止於此。

「劍巫，他們和妳一樣。比如說，洛基——他是被創造成引火能力者的實驗軍用人工生命體。」

「實驗……」

雪菜臉色慘綠地看了洛基。

根據聖域條約，人工生命體被賦予了準魔族的權利。軍事性的活體改造理應嚴重違反條約，難保不會遭受國際責難。

「那當然是違法的實驗。事情被揭發以後，狄珊珀救了原本遭廢棄處分的他，在過去被稱為『伊魯瓦斯魔族特區』的城市。哎，其他孩子的遭遇也都大同小異。」

「所以你就要摧毀絃神島？因為這裡同樣是『魔族特區』——」

「錯了。」

千賀斬釘截鐵地否定古城的質疑。

「這些孩子確實一直以來都受到『魔族特區』摧殘，然而他們並不是為了報仇才要摧毀『魔族特區』。況且，我們並不打算摧毀所有的『魔族特區』。」

「你的意思是，選上絃神島當摧毀目標有特別的理由？」

「哎，就是那麼回事。」

千賀對古城露出笑容。彷彿飽經磨耗的笑容。

「所以我才打算找你談一談，第四真祖——等你明白我們摧毀絃神島的理由，說不定就會出手幫忙我們了。我如此期待。」

「狄珊珀也講過一樣的話，她要我成為同伴。」

古城語帶嘆息地搖搖頭，然後更用具攻擊性的目光看千賀。

「再問幾次我的回答還是一樣。我不打算協助殺人凶手。」

「殺人凶手啊。說得沒錯。」

呵呵——千賀忍俊不禁。

「不過，建造絃神島的那群人也是一樣的。這座島引發慘劇後的犧牲者，和我們以往殺的人在數量上可不能相提並論。」

「這座島……會引發慘劇……？」

「絃神島是用來讓咎神該隱復活的祭壇，那就是這座人工島的真面目。」

千賀用不具感情的冷靜嗓音說道。

他突然提到的神祇名諱，讓古城聽了說不出話來。因為古城等人在短短幾天前，才差點被信奉那位咎神的一群人殺害。

千賀似乎對古城的反應感到滿意，沉靜地閉起了眼睛。

「絃神島的設計者──絃神千羅希望讓該隱復活。他本人雖然死了，但是有一群繼承了他的想法的人，目前仍留在絃神島的核心職位。」

「那麼，你們暗殺的人工島管理公社的幹部就是──」

「對。他們是絃神島設計者的同志。」

千賀對雪菜的問題表示首肯。

「他們和聖殲派那種濫竽充數的恐怖分子不同。那些人花了幾十年的歲月準備讓咎神復活，可以說是真正的魔導探究者。」

「你要我無憑無據地就相信那種荒謬的話？」

古城粗聲回嘴。可是，千賀反而用一臉不可思議的表情看了他。

「絃神千羅這個男人為求達成目的，再狠的手段都會用。你們應該明白這一點。」

「你是指洛坦陵奇亞的『聖人』遺體那件事嗎……」

千賀的指正讓古城皺起臉來。

絃神千羅在設計絃神島時，為了確保基石不足的強度，就使用了被視為禁忌的供犧建材當成解決的手段。絃神島正是以從洛坦陵奇亞聖堂篡奪而來的「聖人」遺體為基底，才竣工完成的。

「你認為那樣的男人設計出人工的『魔族特區』，會毫無目的嗎？」

「就算這樣，跟現在的絃神島居民又有什麼關係……！」

古城勉強回嘴。

「假如你說的是事實，只要把那公諸於世就行了吧！何必摧毀絃神島！」

「那我問你，你們對『伊魯瓦斯魔族特區』的事知道多少？你們曉得深淵之陷毀滅了那座都市的事實嗎？」

千賀的嗓音裡首度夾雜怒氣。古城和雪菜無法反駁而沉默下來。

「你是對的，第四真祖。無憑無據要你相信我們說的話，這是強人所難。因此深淵之陷會親手證明。實際將『魔族特區』摧毀的成績，應該就能替我們的主張背書。」

「那就是你們打算摧毀『魔族特區』的理由嗎……」

古城的視線落在他緊緊握著的冰淇淋杯上。

上頭寫的「狄珊珀」字樣格外清楚地烙進了他的眼底。

知道深淵之陷的目的以後，你肯定也能理解——狄珊珀是這麼對古城說的。而且，她所言不假。

至少古城不得不承認，深淵之陷的行動多少具有大義名分。千賀看起來也不像在說謊。

「六年前讓『伊魯瓦斯魔族特區』沉沒時也是一樣。在那之前，狄珊珀也毀滅了好幾個『魔族特區』，和上個世代的深淵之陷一起。」

「對了……狄珊珀是吸血鬼。」

似乎回想起來的古城嘀咕。

他總算可以了解，為什麼深淵之陷的指導者並非千賀了。雖然狄珊珀的外表看來像十幾歲，但實際上她應該活得遠比千賀要久。

「吸血鬼……？」

然而，千賀聽見古城嘀咕的內容卻納悶似的皺眉頭。

「真讓人意外。原來你還沒察覺嗎，第四真祖？」

「什麼？」

「也罷。你遲早會知道的。」

不說那些了——千賀端正自己的姿勢，並且望向古城等人。

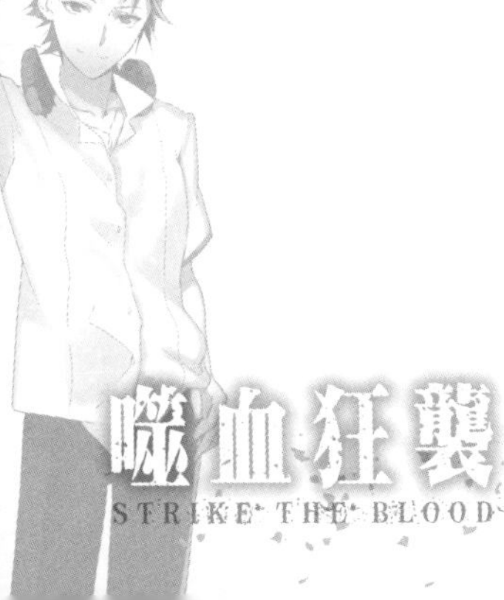

「我的話就講到這裡，讓我聽聽你的答覆吧，第四真祖。」

「答覆？」

「你有沒有意願協助我們？」

「協助是嗎？」

古城察覺自己正無意識地苦笑。因為默默站在旁邊的雪菜正用十分不安的表情看著他。

「傷腦筋。到頭來，每個傢伙都半斤八兩——」

古城傻眼似的吐氣。「學長？」雪菜困惑的嘀咕聲如此傳來。

「什麼意思？」

千賀板著臉問。古城的眼睛明顯露出了失望的神色。

「我傻眼的是……為什麼大家都想靠自己的力量扛起一切。簡直像在逼我面對過去的自己，看了就覺得丟臉。」

「我聽不出你想表達什麼，第四真祖。」

千賀原本不帶感情的嗓音開始透露出微微焦躁了。

古城冷冷看著他，揚起嘴角。

「你們說的話之所以沒人相信，真的是因為沒證據的關係嗎？不是吧？並不是因為沒人肯相信，而是『你們不肯相信任何人』的關係吧？」

「什麼……？」

「你說過要是該隱復活，就會造成大量的犧牲對吧。既然如此，你該做的才不是摧毀『魔族特區』。你該拯救那些會犧牲的人才對吧！」

古城的聲音沉沉地迴響開來。彷彿受了衝擊的千賀臉頰緊繃。

「你們就是連這種道理都不懂才會被孤立！誰教你們還特地跟原本想拯救的人為敵！」

「我也曾經試過……將真相公諸於世。試了好幾次！」

千賀頭一次扯開嗓門。

「然而，結果就是變成現在這種局面。世界完全沒有改變！唯獨咎神復活的計畫依然確實在進行──」

「既然這樣，你為什麼不尋求協助？要是有空破壞『魔族特區』，還不如拚命去找願意相信你那套說法的人！」

古城同情似的看向千賀。

「我認識的駭客說過──所謂駭客就是發現有人隱瞞事情，就會不管三七二十一把真相揭發出來的人種。只要你求助那種人，總會有其他做法吧。即使現在也不算晚──」

「說的比唱的好聽……！」

沒想到，表露出憤怒情緒的並非千賀，而是洛基。蜃景湧現於他的四周，熱風朝古城等

人迎面掃來。

「住手，洛基。」

千賀制止了少年人工生命體。

或許是同夥變得衝動的關係，千賀反而恢復冷靜了。焦躁已從他的口氣中消失。

隨後，千賀靜靜地搖頭，並且用冷酷的眼神看向古城。

「如果你說的是藍羽淺蔥，很抱歉，已經太遲了。」

「咦……！」

古城愕然瞠目。提到駭客的人是古城自己，但他完全沒料到淺蔥的名字會從千賀嘴裡冒出來。

「你為什麼會認識淺蔥……！」

「難道——」

看似畏懼的雪菜目光閃爍。

「你把我們找來這裡，就是為了不讓我們和藍羽學姊會合……？」

「千賀——！」

古城心裡湧上了好似全身血液都要凝結的恐懼。

洛基在公園找古城他們講話，正好是在他們打算去見淺蔥的前一刻。洛基現身的時機，簡直像在攔阻他們與淺蔥會合。

古城應該早一點感到懷疑的。為什麼在這種重要的對談場合，狙擊手卡莉和狄珊珀都不在？現在他明白原因了。因為她們要對淺蔥不利。

將古城和雪菜拖在這裡，直到狄珊珀她們暗殺淺蔥為止——那才是深淵之陷的真正目的。因此，千賀冒著失去祕密基地的風險，將古城他們邀到了這裡。

「我不求你饒恕，第四真祖。」

「慢著！」

彷若狂風的魔力洪流朝古城他們掃了過來。猛一看，診療室的地上已浮現模樣複雜的魔法陣。

「風水術嗎——！」

「學長，請你趴下！」

雪菜上前掩護受咒力擺弄的古城。從吉他盒抽出的銀槍一閃，槍鋒直入地板。

槍尖迸發的光芒斬開了千賀的魔法陣。龐大魔力兀地消失，反作用力讓古城單膝跪下。

剛剛的魔力狂風宛如幻覺一般消失，診療室恢復了寂靜。

千賀卻不見人影，洛基和圍巾少女也消失了。他們捨棄了祕密基地。

「淺蔥……！」

古城望著悠悠搖晃的窗簾，無力地發出嘀咕。

6

「我說過對不起了嘛。」

淺蔥待在有家庭菜園圍繞的小小庭院，一邊張口大啖新鮮芒果一邊說道。

帶著鬧脾氣表情的矢瀨則坐在淺蔥前面。

矢瀨住的公寓在庭院前面擺有野餐桌，天氣好的日子就可以在外用餐。只要是公寓住戶都能自由使用。

「她是叫緋稻對吧……我又沒想到會跟你的學姊碰個正著。我也聲明過，叫她不要誤會啦。啊，不好意思。謝謝妳，旭子阿姨。」

淺蔥和善地對穿著圍裙端茶過來的女性道謝。

「別客氣喔，淺蔥。好久不見了，你們慢慢聊。」

微笑著答話的是租公寓給矢瀨的房東。

年齡成謎，而且氣質不可思議的女性。雖然她有個上小學的女兒，但本人看上去頂多只像大學女生。管理公寓似乎是副業，她另有其他工作，然而淺蔥也不清楚詳情。至少矢瀨會喜歡年長女性，應該就是受了房東的影響──淺蔥如此認為。

等房東不見人影以後，矢瀨刻意似的大聲嘆了口氣。

「話說學姊帶來給我的綜合水果籃，為什麼是妳在吃？」

「你自己又不碰。不過，這種禮物不是探望病人才會帶的嗎？雖然我也不太清楚。」

「妳在大吃特吃以後還講這種話啊。」

慵懶托著腮幫子的矢瀨幽怨地瞪了淺蔥。

「哎，妳應該也是擔心才會過來吧，姑且先謝謝妳了。」

「對啊對啊，要懂得感謝喔。」

口氣像在賣人情的淺蔥又拿了第二顆芒果。

「所以說，狀況怎麼樣了？伯父的救援行動有什麼進展？」

「完全沒音訊。雖然應該不至於沒人進行救援，可是人工島管理公社現在光搶救儲量倉庫就分不出心力啦。」

「你很擔心吧……」

儘管淺蔥手裡用水果刀切著芒果，臉上仍露出消沉的表情。

並不會──矢瀨逞強似的笑著搖頭說：

「那個男的怎樣都好，不過要是他死了，繼承人之爭肯定會鬥得滿城風雨。要說擔心，我還比較擔心那個部分。搞不好現在已經爭出幾條人命了。」

「欸……別這樣講啦。以你家的情況而言，可不是鬧著玩的。」

矢瀨不莊重的玩笑話讓淺蔥排斥地板起臉孔。

「你應該不會有事吧？」

「幹掉我又對誰有好處？」

「就算你本身沒價值，光看在你是嫡子的份上，會想利用你的人不就一大堆了？」

「妳損人損得很順口耶。」

矢瀨苦澀地說。獨占地位及財產的父親一旦喪命，身為兒子的他面對繼承鬥爭也無法置身事外。矢瀨之所以無法參加搜救生死不明的父親，和那些政治上的爾虞我詐應該脫不了關係。正因為他對那些都心知肚明，才會留在自己住的公寓嘔氣。

「再說我實在不能接受。假如那種程度的炸彈攻擊就能要了他的命，那個男的之前沒有掛個幾十次才奇怪。」

「雖然我不了解情形，可是不捨棄希望也是很重要的吧。」

淺蔥一臉世故地點頭。實際上，矢瀨顯重尚未被確認死亡。

「吃吧。再說你的學姊看起來至少還願意帶水果來關心你啊。」

「不不不，為什麼你們講話老是拿我被學姊甩掉當前提……」

聲音變調的矢瀨提出反駁。主張自己在跟三年級學姊交往的人主要都是他，實際上並沒有人目睹他們那樣互動的現場。因此矢瀨早就被甩的說法備受支持，不過他本人堅持否認這一點。

「——受不了，妳也好，古城也好，對我未免太沒禮貌了。」

「對喔，古城真慢耶。我之前明明有叫他過來探望。哈密瓜會被吃光光喔。」

「所以妳為什麼要全部吃掉啦！」

發現淺蔥不知不覺中已經把魔掌伸及哈密瓜的矢瀨大叫。

就在隨後，矢瀨臉色驟變。彷彿聽見駭人聲音的他看向淺蔥背後，恐懼得帶著扭曲的表情站了起來。

「淺蔥！」

「啥……？」

突然被矢瀨推開的淺蔥滾到了草坪上。吃到一半的哈密瓜滾落在地，背部的疼痛讓她臉色緊繃。

「搞……搞什麼嘛，白痴！用不著為了區區哈密瓜氣成這樣吧——」

「妳別抬頭！」

「咦……？」

與矢瀨朝淺蔥大吼幾乎同時，桌上的水果炸開了，連裝著水果的竹籃都碎得七零八落。

遠遠傳來不祥的炸裂聲，成群海鳥同時飛上天空。

「什、什麼……？」

淺蔥茫然地環顧四周。掩護她的矢瀨趴在地上，焦急地咂嘴。

「有人狙擊。反物資步槍正瞄準著我們這邊。」

「你、你說狙擊……難道是衝著我來的嗎！」

淺蔥聲音發抖。她腦裡浮現了昨天碰上汽車炸彈的事。有人要向她索命——如此離譜的想像突然帶著真實感進逼而來。

「嘖……！」

矢瀨抓住淺蔥的手臂，把愣著的她用力拉到身邊。

下個瞬間，淺蔥感覺到有東西掠過自己耳邊。與槍響傳來幾乎同一時間，野餐桌在她背後炸開了。

牢固的木製餐桌被炸得四分五裂，火花飛濺。

「在這種街區用燃燒炸裂彈……！對方腦筋正常嗎！」

矢瀨臉上徹底失去血色。

燃燒炸裂彈是研發供軍用的一種多功能彈頭。彈著目標以後，內藏的炸藥就會爆發，對周圍造成強烈殺傷力。雖然狙擊步槍也可以發射這種彈頭，但由於威力太強，對人類使用理應是遭到國際法禁止的。

然而，對於犯罪集團深淵之陷來說，國際法的規範本來就不具任何意義。向淺蔥索命的狙擊手正是如此凶狠。

「淺蔥，我們逃！下一槍要來了！」

矢瀨拖著呆立不動的淺蔥拔腿就跑。

新射來的子彈彷彿追趕著他們倆，粉碎了公寓的圍牆。

7

「不行，電話不通……！」

古城將手機湊在耳邊，露出了絕望的表情。

無論重打幾遍，都沒有淺蔥接起電話的動靜。離古城他們在公園遇到洛基，已經過了近一個小時。狄珊珀等人要暗殺淺蔥，這樣的時間理應足夠了。

「請你冷靜，學長！不要緊的，我們還來得及！」

雪菜握緊古城嚴重發抖的手，拚命對他說話。

「來得及？可是，狄珊珀她們已經……」

「淺蔥學姊之前是去探望矢瀨學長對不對？」

「啊……」

雪菜故作冷靜的一番話讓古城突然冷靜下來了。原本狹隘的視野變廣，腦袋總算靈光了一些。

「對了，矢瀨的住處在人工島西區……就在附近……」

古城和雪菜對彼此點頭，離開了動物醫院。

淺蔥是照心情在行動。學校突然停課，她也沒有回家，而是跑去矢瀨的住處。那些突發舉動大有可能耽誤狄珊珀等人的暗殺計畫。深淵之陷再怎麼神通廣大，感覺也不會連矢瀨住的便宜公寓位置都事前掌握到。

在民宅密集的平民住宅區要找狙擊地點也會花時間。暗殺未必已經成功了，現在不是在這種地方驚慌失措的時候。

「可惡……這種時候要是那月美眉在……！」

古城一邊衝出小巷一邊無意識地慨嘆。

雖然地點在同一個區域，這裡和矢瀨的住處仍有單軌列車兩站的距離。即使憑古城變成吸血鬼以後的腳程，也不是五分鐘或十分鐘就能趕到的距離。

更不湊巧的是，單軌列車剛好已經開往下一站。銀色車輛無情地開過了古城他們頭上的高架軌道。

這個時段的單軌列車恐怕要隔十分鐘才有下一班。沒時間等車子來了。

「姬柊！」

「什、什麼事？」

雪菜被突然回頭的古城嚇到而停下腳步。古城則硬是將她嬌小的身軀捧起。古城出乎意料的行動讓雪菜徹底愣住了。

「學、學長……？」

「喔喔喔喔喔喔喔喔喔喔喔喔喔喔——！」

下個瞬間，宛如天地翻轉的異樣感覺朝古城他們湧來。

好似從重力獲得解放的漂浮感，以及類似從高處墜落而令人不適的加速度。蹬地躍起的古城抱著雪菜，整個人從街道飛上了高空。

「這力量是……？」

緊緊摟著古城脖子的雪菜茫然嘀咕。

原本飛快遠離的地面，又緩緩地靠近了。超乎常理的跳躍力。渦轉的漆黑魔力粒子包裹著古城全身。

古城認得這股魔力。這和第四真祖的第七眷獸活武器（Intelligent Weapon）「夜摩之黑劍（Kiffa Ater）」——那柄巨劍周圍環繞的魔力一樣。這是操控重力的能力。

「學長……你能駕馭那頭劍之眷獸的力量了嗎！」

「駕馭？」

面對雪菜驚訝的提問，古城疑惑似的歪頭。

「呃，我不太清楚……不過，我就是認為行得通啦！」

「竟、竟然這麼隨便就動用眷獸的能力……」

大樓樓頂逼近愕然的雪菜眼前了。古城抱著雪菜跳起的距離超過了三十公尺。樓頂承受其著地的衝擊，因而嚴重凹陷。因為古城他們的肉體有眷獸用魔力保護，才會波及四周。但是古城沒空介意那些。他理都不理腳下碎裂的混凝土，再次縱身跳起。這次的著地處是行駛中的單軌電車車頂。

古城他們落在單軌列車上，讓鋁合金車頂凹了一大塊。衝擊導致電車車身與軌道劇烈摩擦。若有一步之差，差點就鑄成慘劇了。

雪菜責怪似的抬頭看了跪在車頂的古城臉龐。於是她說不出話了。

「學長……！」

「不要緊……我不要緊……」

呼吸急促的古城眼裡有著火焰般發亮的青光。環繞其全身的漆黑粒子往旁開展，形狀好似扭曲的翅膀。古城的模樣顯然不尋常，那是以人類樣貌動用眷獸魔力的代價。他的肉體正要轉化成吸血鬼。

「救完淺蔥以後，我就不會再把自己搞得這麼累了，就算有人求我。」

古城望著臉色蒼白的雪菜，無力地對她露出微笑。

雪菜則緊緊摟住了古城。她像個害怕被丟下的孩子，纖瘦的肩膀頻頻顫抖。

「是啊……說定了喔……」

「姬、姬柊，冷靜點……妳身上有幾個部位貼到我了……」

雪菜緊緊貼過來的觸感，讓古城動搖得忘了疲倦。

於是，有一絲光芒從古城的視野一隅閃過。間隔半拍，民宅的庭院起火了。單軌列車的行駛聲似乎夾雜了微微的槍聲傳來。

「學長，剛才那是——！」

「在矢瀨公寓的方向！」

理解到發生什麼的古城抱著雪菜站了起來。反物資步槍的長距離狙擊。深淵之陷的狙擊手對淺蔥開槍了。

「請你趕過去，學長！」

雪菜在古城耳邊喊道。

「好！」

古城被她的聲音推了一把，便從單軌列車的車頂一躍而起。

怕列車遭殃的古城在力道上有所保留，因此跳不到十公尺遠。他落在附近的大樓樓頂，並且重整態勢。

「我們再來一次！」

「好的！」

古城張開漆黑粒子化成的翅膀，又從樓頂一躍而起。

瞬時間，古城全身失去力氣。魔力粒子紛飛四散，原本的重力朝他湧上。

「──唔！」

「學長！」

古城他們失去操控重力的魔力，重心嚴重失衡。古城護著雪菜仰身摔落。來得及護身的雪菜則毫髮無傷地站了起來。

緊接著，雪菜從背後抽出長槍。

銀槍所指的方向有戴著防風眼鏡的嬌小少女身影。是她控制古城的眷獸，讓操控重力的魔力失去了效力。

深淵之陷的指導者站在那裡，擋住了古城他們的去路。

「你果然來了，曉古城。看來讓毅人說服你是錯的。」

和雙方初次見面時一樣，狄珊珀用了輕鬆的語氣開口。

古城擦掉額頭流的血並且站起來。

「把路讓開，狄珊珀——！」

「很遺憾，那我辦不到。」

狄珊珀摘下防風眼鏡。從底下露出的是如火焰般發出青光的眼睛。

「我不能讓藍羽淺蔥活下去。因為她的存在太過危險了——」

「少礙事！」

古城不打算把狄珊珀的話聽到最後。

因為他看見深淵之陷的狙擊手又開槍了。火焰在矢瀨那棟公寓的庭院炸開。不曉得淺蔥是生是死。然而，他憑那一槍得知狙擊手的正確位置了。

從古城他們所在的大樓樓頂算起，直線距離不到兩公里。用第四真祖的眷獸就能輕易將敵人燒得片甲不留的距離。

「迅即到來，『獅子之黃金（Regulus Aurum）』！」

古城朝著狙擊手所在的建設中大樓放出眷獸。

他召喚的是渾身灑落雷光的巨獅。

不管那個叫卡莉的狙擊手是什麼人都沒有關係。因為在她發射下一發子彈前，古城徹底解放的眷獸就會掃蕩並消滅一切。

然而，狄珊珀果然還是擋下了那招。她召喚的眷獸綻放出銀色的魔力光芒，擋住了雷光巨獅的去路。

「退下，『獅子之黃金』！」

「妳這傢伙……！」

古城自己咬破的嘴唇冒出了鮮血。

雷光巨獅彷彿受制於看不見的牢籠，因而停下動作。發出的光芒有如銀水晶的龐然眷獸正在狄珊珀後面搖晃。

能操縱他人眷獸的眷獸——

那頭眷獸的透明魔力硬生生攔下了雷光巨獅。

但是古城並沒有猶豫。

當他們耽擱在這裡時，淺蔥的生命仍蒙受危險。假如狄珊珀希望那樣，古城除了消滅她以外別無選擇。

「迅即到來——！」

古城將雙臂舉到頭上。超乎常軌的龐大魔力被解放，其衝擊造成大氣扭曲。濃密的魔力捲起漩渦，並且塑造出新的召喚獸形體。

「迅即到來，『神羊之金剛（Mesarthim Adamas）』！『雙角之深緋』！『龍蛇之水銀（Al Meissa Mercury）』——！」

「退下，『神羊之金剛』！『雙角之深緋』！『龍蛇之水銀』！」

狄珊珀靠著大喊將古城的聲音蓋過。

透明眷獸全身發出了更強的光輝。它打算一舉支配古城新召喚的三頭眷獸。

然而，此舉太過魯莽。要同時讓複數眷獸聽命，所需的魔力也會飛躍性增加。狄珊珀的肉體負荷不了這樣的魔力，肉體正為之叫苦。她的嘴唇痛苦得扭曲，全身毛孔更流出鮮血。

古城逆流的魔力在折磨狄珊珀。

「不可以，學長！要是再這樣下去——」

雪菜忍不住尖叫。負荷的魔力同樣會讓古城受創。他全身的肌肉都遭到撕裂，呼出的氣息更混著鮮血。

即使如此，古城仍猙獰地笑了。狄珊珀的能力並不完美，要支配古城的眷獸並非毫無代價。明白這一點就夠了。

「——迅即到來，『夜摩之黑劍』！」

古城又召喚出新眷獸。出現的是劍身超過百公尺的巨劍。劍尖指向了狄珊珀背後正在建設中的大樓。

扭曲重力的古城將巨劍呈水平射出，狄珊珀的眷獸擋下了那一擊。龐大魔力的衝突令大地震盪，周圍的建築物陸續倒塌。

「退下……我的同胞……求求你們……！」

狄珊珀尖叫。承受不住魔力逆流的她踉踉地跪下了。

但是古城也已經超出極限。狄珊珀的眷獸不只能支配眷獸心靈，連身為宿主的古城本人也會受到影響。只論精神上所受的傷害，古城消耗得更加劇烈。

「請你後退，學長！讓我對付她——」

雪菜持銀槍上前。爆發性魔力漩渦肆虐於狄珊珀的周圍，就算憑「雪霞狼」的力量也無法輕易斬斷。

即使如此，雪菜仍無畏無懼地和狄珊珀拉近距離。

古城他們的魔力再失控下去，兩個人肯定都不能全身而退。目前在這裡能防止那種結局的人只有雪菜。

「——！」

可是，當雪菜離狄珊珀只剩幾步路時就反射性地縱身後退了。猛烈火焰在她的眼前噴發湧現。

令空間燃燒的灼熱蜃景。靠引火能力發動的奇襲。

「洛基……！」

藍髮的人工生命體趕到狄珊珀身邊。深淵之陷的同伴來援護狄珊珀了。

呆立不動的雪菜身後隨即傳出「砰」的冷酷槍響。

古城的腹部濺出鮮血，雙膝跪到地上。

握著手槍的千賀毅人站在古城背後。是他從古城背後放了冷槍。

「千賀毅人——！」

雪菜手持銀槍疾奔。她一口氣拉近和千賀的距離，打落他的手槍。

但千賀已經搶先將剩下的子彈全射向古城。

古城總共中了六槍，渾身是血。即使如此，他仍不打算停止召喚眷獸。

「……迅即到來……『水精之白鋼(Sadalmelik Albus)』……牛頭王……之……！」

「咳……！」

古城新召喚的兩頭眷獸具現成形。

想支配它們的狄珊珀嘔出鮮血。

洶湧而上的魔力來勢難擋，防風眼鏡被刮飛，狄珊珀戴的安全帽掉到地上，收在帽子底下的長髮翩然散開。

如虹彩般時時刻刻隨光線變換其色澤，好似熊熊火焰的金髮——

「狄珊珀！」

洛基和千賀各自趕到她身旁。

古城和雪菜愕然無言地望著那畫面。

並不是初次看見狄珊珀的年幼臉龐讓他們吃驚。正好相反，古城他們都認得那張臉。古城就是在自己的記憶裡和她見過好幾次。

「……怎……為什麼……」

古城聲音沙啞地咕噥。雪菜則默默咬緊嘴脣。

狄珊珀望著他們那模樣，看似哀傷地笑了。那是流露著孤獨的笑容。

「做得好，狄珊珀——已經夠了。」

千賀抱起受傷的狄珊珀，並在四周布下木製咒符。符上所刻的符印發出光芒，形成簡易的魔法陣。是空間移轉術式。

「時間到了。菈恩——啟動『薔薇』！」

千賀朝著耳機麥克風下令。

聽見「薔薇」一詞的雪菜臉色僵凝。

但是她還沒反問回去，千賀等人的身影就淡化了。空間移轉術式已經生效。身影消失的他們只在虛空中留下了漣漪般的晃漾光彩。

現場只剩街道在魔力衝突下遭到摧毀的慘狀，以及遍體鱗傷的古城。

「狄珊珀……妳到底是……」

古城狀似精疲力盡地當場倒下。

源源流出的鮮血濡濕四周，換成常人即使當場死亡也不奇怪的嚴重傷勢。古城卻心神恍惚，恐怕連自己的痛楚都沒知覺。

「學長！請你振作點，學長……！」

雪菜抱起受傷的古城大喊。

蘊含魔力的凶猛狂風無情地蓋過了她的呼喚。

所有眷獸消失後，天空異樣平靜。

這一天，面臨即將來到的毀滅時刻，「魔族特區」絃神島被籠罩在一種幾近恐怖的沉靜當中。

第四章 深淵薔薇

Tartaros-Roses

1

紘神島北區是蓋了成排企業及大學設施的研究所街，層層堆疊的人造大地上有著外觀單調死板的大樓群集於此。某方面而言，這是島上最有人工島風格的近未來街道。

有個少女就站在最上層的廣場一角。

身穿彩海學園制服且戴著眼鏡，給人樸素印象的女學生。

成群海鳥聚集在她身邊。

光澤亮麗的純白海鳥——它們是用咒符創造出來的一批式神。

數量大概超過兩百或三百隻。

少女獨自操控著數目如此龐大的式神。

目的在於監視並搜索魔導犯罪者。

原本分散在整座紘神島的眾式神回到操控它們的少女身邊以後，各自化成了一張咒符。

接著那些紙都逐漸回到少女打開的一本書當中。

等到所有鳥兒收歸完畢，她便靜靜地將書闔上。

少女直接緩緩地轉向背後。

有個相貌秀氣的青年站在她所望的方向。

青年身穿黑色中國服，身影讓人不由得聯想到古代的仙人或道士。他隨手握著兩頭都有槍尖的黑色長槍。

逃離監獄結界的囚犯，紘神冥駕——

那就是手握奇形長槍「零式突擊降魔雙槍（Fangzahn）」的青年之名。

「我想妳差不多會有動作了，閑。」

紘神冥駕讓唯一一隻沒消失的純白海鳥停在自己左手的指尖，喃喃細語似的說道。他搶了少女操縱的式神支配權。

然而，冥駕並沒有特別得意，只是溫和地問：

「獅子王機關也無法縱容深淵之陷嗎？」

「是啊……不過，在收拾他們以前，我想先見你一面。」

獅子王機關三聖之首——閑古詠用了近似懦弱的客套口氣回話。

「紘神冥駕，請告訴我，你在盤算些什麼？如果深淵之陷的目的是摧毀紘神島，你應該已經率先擊潰他們了。可是你卻靜靜旁觀，明明有人正要對你所信奉的該隱巫女不利——」

「所以，妳是來質問我的本意？」

冥駕看似愉快地反問，古詠便微微點頭。

「是ＭＡＲ在藏匿逃出監獄結界的你對吧，紘神冥駕？」

「妳是說Magna Ataraxia Research公司？」

「特區警備隊和攻魔局都不敢妄自對出資贊助人工島管理公社的國際企業出手——所以，你雖是亡命之身卻依然能獲得各種情資，並且在島上自由行動。我有說錯嗎？」

「原來如此……妳這套想像很有趣。」

冥駕一臉裝蒜地微笑。接著他聳了聳肩。

「不過還是別隨便在公眾場合說出來比較好。即使妳和獅子王機關被控告誹謗，我也負不了責任。」

「是啊。畢竟ＭＡＲ身為營利企業，想來並不會不求回報地藏匿逃犯。」

古詠口氣認真地繼續說道。

「這就代表，你答應會付出某種代價給ＭＡＲ。」

「代價？」

「是的。那應該是在將來能帶給他們莫大利益的代價。我想想，比方說——你的祖父所留下的計畫全貌。」

「讓咎神該隱復活嗎……妳太看得起我了，閑古詠。」

呵——冥駕自嘲似的笑了。

「我不認為區區一名魔導建築技師的妄想會有那麼高的價值。何況他所留下的最後之作，目前正要被恐怖分子動手摧毀。」

的確——古詠表示贊同。

「絃神千羅的盟友矢瀨顯重遭炸彈炸死，絃神島本身即將被毀滅——我不認為絃神島目前的狀況會是你希望的模樣。」

「是啊。正如妳所說。」

黑衣青年平靜地回答。古詠卻搖頭否定。

「不過，假如深淵之陷的行動也屬於絃神千羅計畫中的一部分，那就另當別論了。或許深淵之陷是一無所知地受到了你們的利用。」

「利用『魔族特區』破壞集團是嗎？我為何要冒那樣的險呢……？」

「我就是為了確認這一點才來的，絃神冥駕。」

悄悄碰了眼鏡的古詠對青年投以毅然目光。

「獅子王機關會默許你和矢瀨顯重的計畫，是因為我們判斷咎神該隱的存在會成為抑制夜之帝國的力量。不過，如果你要漫無目的地實行計畫，我就不能放過你。」

「呼嗯。」

「你是不是打算利用深淵之陷來推動自己的計畫？復活咎神，亦即重啟『聖殲』——」

「從沒看過妳這麼多話呢，閑……」

黑衣青年忽然改了口氣。他隨手舉起的長槍發出了颼颼聲響。

「請讓我也問一句：妳記得藤阪冬佳嗎？」

「藤阪……冬佳姊姊……」

冥駕問的令人意外的名字讓古詠明顯動搖了。她睜大的眼睛眼神飄忽，嘴脣發抖有如恐懼的孩子。

「沒錯。我說的是在前任閑古詠——妳母親坐視下死去的獅子王機關的劍巫。」

幾乎面不改色的冥駕眼裡浮現了強烈的情緒色彩——那是彷彿經過長時間萃取純化的憎惡色彩。

「你錯了……冬佳姊姊是在任務中……為了保護獻祭的巫女……」

古詠後退半步。獅子王機關的劍巫，藤阪冬佳，原本應該代替古詠被人稱作獅子王機關三聖的少女——

七年前，冬佳潛入了信奉異國女神的咒術集團村落，並且因而喪命。她為了拯救用來獻祭給女神而差點被殺的年幼少女，才會隻身作戰至死。

紘神冥駕虐殺眾多攻魔師，並且被當成魔導犯罪者收監於監獄結界，則是在冬佳身亡後不久的事。

「為了保護巫女嗎……」

哈——冥駕笑得像在嘲弄古詠的藉口。

「啊，這麼說來，掩護該隱巫女逃走的是矢瀨基樹——跟妳很親近的那個少年。當時我要是先殺了他，事情或許會變得更有趣就是了……呵呵……真可惜。」

「紘神冥駕，你——！」

古詠帶著被逼急的臉色大喊。

世界突然被寂靜籠罩，巨響打破死寂。有如連續的時間之流被須臾異刻強行切入的異樣感。從理當不存在的時間發動攻擊的絕對先制權——這就是被取名為「寂靜破除者」的閑古詠所擁有的能力。

猛一回神，冥駕全身已經中了無數的子彈。

中彈的衝擊讓冥駕的身體往後彈飛。

閑古詠手裡握著軍用自動手槍。冥駕沒能察覺她是什麼時候掏出武器的。

「真不愧是『寂靜破除者』……即使用零式突擊降魔雙槍來讓咒力失效……也動不了妳嗎……」

冥駕搖搖晃晃地捂著中國服燒焦的胸口站了起來。

紘神冥駕的黑色長槍——零式突擊降魔雙槍出自獅子王機關，是一柄可以讓所有靈力和魔力都失效的「廢棄兵器」。只要冥駕啟動黑色長槍，任何咒術攻擊都無法直接傷害他。

但是，即使靠零式突擊降魔雙槍的那項功能也無法攔阻「寂靜破除者」。冥駕不能用咒術防禦，也就防範不了從不存在的時間朝他發射的子彈。

「以前我警告過你一次。憑我的能力，並沒有辦法在不取你性命的前提下攔住你。」

古詠一邊裝上新的彈匣一邊說。

要確實逮住不受咒術束縛的冥駕，除了取其性命以外別無辦法。古詠從一開始就抱著殺他的念頭，才會出現在他面前。

「這才像連吸血鬼真祖也要敬幾分的獅子王機關三聖之首——」

冥駕則讚賞似的對古詠笑了出來。

「不過，第四真祖給了我相當大的提示。只要妳踏入攻擊範圍，對付妳的人就有機會爭取到兩敗俱傷的結果——」

「…………」

紘神冥駕朝著露出納悶臉色的古詠舉起右手。他手裡握著只有一個按鈕的遙控器。

那看起來並不像有殺傷力的武器，就算那是武器，古詠的攻擊絕對比較快。可是，紘神冥駕明知如此，還是勝券在握地露出了微笑。

「既然如此，讓反擊的時差(Time-lag)趨近於零，應該就能打破妳的絕對攻擊先制權——」

「——！」

冥駕的話還沒說完，古詠全身就被豪光籠罩了。

大規模爆炸無聲無息地席捲而過。

從遙遠天際灑落的死亡灼熱閃光。不知道古詠到底有沒有發現那是從地球衛星軌道發射的對地雷射砲——

「這就是人工島管理公社的王牌，地球衛星軌道上的空對地雷射衛星……」

冥駕身體承受了雷射砲餘波，滾倒在地。熱風烤熱他的皮膚，人工島大地開了大窟窿。理應位在爆發中心點的古詠則消失得無影無蹤。

對地雷射的砲擊速度幾乎等同光速。即使憑古詠的絕對先制攻擊能力，也防範不了其攻擊。冥駕手裡握的遙控器就是啟動攻擊衛星的扳機。

「再見了，受詛一族的女兒。好好體會……從我身邊奪走唯一溫暖的報應吧。」

冥駕甩掉完成任務的遙控器，慢慢地站了起來。

儘管全身中了十幾發子彈，他也沒有露出痛苦的模樣。皮開肉綻的傷口幾乎沒有出血。

負傷的冥駕拖著漆黑雙槍前進。

白晝的耀眼陽光則在他腳邊留下了宛如死相的濃濃影子。

2

矢瀨基樹躲在建築物死角，上氣不接下氣。

周圍瀰漫著燃燒劑飛濺造成的燒焦臭味。離暗殺者所開的第一槍已經過了將近三分鐘。

在此期間發射的子彈總共四發。狀況對於以一擊必中為信條的狙擊手來講，可算是空前失態的特例。

即使如此，狙擊手仍沒有要離去的跡象。針一般銳利的冷酷殺意，目前仍持續針對淺蔥而來。

矢瀨察覺殺意的來源正在移動。

「那個狙擊手竟然打算繞到這裡……！」

判讀狙擊手移動路線的矢瀨微微咂嘴。對方從建設中的大樓跳到了蓋在旁邊的另一棟大樓樓頂，之後更入侵旁邊的公寓——常人不可能會有的驚人移動速度。

對方並不是因為狙擊失敗而展開逃亡。那個狙擊手到了新的狙擊點，打算在這次確實解決掉淺蔥。

「可惡，身手好快……獸人嗎……！」

矢瀨的咕噥透露出焦躁。

裝備齊全的反物資步槍近十五公斤重，要扛著那東西從大樓跳到另一棟大樓並非尋常人類辦得到的事。然而，憑獸人的膂力和敏捷度就能輕易辦到那種離譜的技倆。他們更可以抓準缺點在於後座力強大的反物資步槍，藉此達成精準的射擊才對——

「不妙。再拖下去，這裡也會有危險！我們逃！」

「基、基樹……？」

被矢瀨粗魯地催促的淺蔥一臉不安地轉頭。她的意思是：躲在這裡會不會比較安全？

「你剛才說對方移動了……為什麼你會知道？」

「啊～～……沒什麼啦，這有一點訣竅。我小時候被教了不少花招。」

「是這樣嗎？」

淺蔥半信半疑地看了矢瀨。

矢瀨的說詞當然是假的。要判斷狙擊手移動並沒有訣竅。

矢瀨是利用聲音來感察狙擊手的行動。他自己取名為「聲響結界(Soundscape)」的過度適應能力是他與生俱來的超能力產物。

矢瀨用他的能力精確掌握了超過一公里外的狙擊手行動。狙擊手的位置、槍口方向、步

槍的運作聲，乃至狙擊手的心跳及呼吸。

問題在於反物資步槍的子彈比聲音在空氣中傳播的速度更快。即使靠矢瀨的能力，也無法掌握子彈發射的時機。他能做的只有趕在狙擊手開槍以前逃離其彈道。

「總之我們逃吧。不能待在這裡，會連累旭子阿姨他們。」

「逃到大街上？既然對方是狙擊手，走地下道不是比較好嗎？」

「不行。妳總不會忘了我家老爸在地下室碰到什麼狀況吧。」

矢瀨冷靜的反駁讓淺蔥沉默下來。

絃神島屬於人工建築，在地下鋪有網格般的維修用地下道。要是利用地下道，確實可以躲過狙擊才對。

然而，攻擊絃神島的恐怖分子當中有炸彈魔。

假如有炸彈安裝在地下道，矢瀨就沒辦法防範。因為在回音劇烈的地下道中，他的「聲響結界」也派不上用場。

「淺蔥，能聯絡上特區警備隊嗎？」

「我想是沒有問題……嗯，不要緊。電波沒有被阻斷。」

淺蔥在確認過手機後這麼回答。明明生命正遭遇危險，她卻意外鎮定。她原本就是冷靜且腦筋靈光的少女，而且最近發生的各種風波或許已經讓她對這種程度的麻煩習以為常了。

「那就叫他們馬上過來。說是狙擊，對方拿那種大傢伙到處亂轟，位置一看就曉得。等特區警備隊趕到的時候就是對方輸了。」

「摩怪，聽見了嗎？」

『聽是聽見啦。』

『只不過，遺憾的是特區警備隊要等很久才會來喔。因為他們現在沒空管那些。』

愛挖苦的人工智慧回答了淺蔥的問題。

「啥！為什麼……！有未登錄魔族拿著反物資步槍到處作亂耶！」

這要排第一優先處理吧——矢瀨放聲大罵。

摩怪的回答卻冷冷淡淡。

『只要走上大街，你們立刻就會懂啦。』

「什麼跟什麼啊……！」

矢瀨忍不住反問，民宅的水泥牆隨即在他背後炸得粉碎。來自反物資步槍的攻擊。掩蔽物被轟爛，矢瀨他們的位置因而曝光。

「淺蔥，趕快跑！」

矢瀨推開淺蔥大叫。儘管他腦裡湧上疑問：會不會是狙擊手在誘導逃亡的路線？但現在沒空思考這些了。

然而跑不到三十公尺，淺蔥就目瞪口呆地停下腳步。

街上發生大爆炸，柏油碎片飛舞在半空。

「基樹！」

「竟然有吸血鬼的眷獸……！」

察覺爆炸原因的矢瀨含糊不清地低聲驚呼。現身擋住道路的是身邊圍繞著魔力光輝的龐然巨獸。

全長大概近兩公尺。外型雖然像凶猛的棕熊，不過那當然不會是自然界的生物。具現成形的濃密魔力聚合體，吸血鬼的眷獸。

「在這種大街上失控嗎！不會吧——！」

意料外的狀況讓矢瀨也慌了。

身為眷獸宿主的吸血鬼男性倒在人行道上。他身上並無外傷，但左手腕戴的金屬手鐲正發出異樣紅光。而且他的眷獸並沒有保護宿主，只是痛苦地發狂作亂。它完全失去控制了。

由於身體狀況不適，導致召喚出的眷獸失控——雖然這並非絕無可能發生的事故，但實在太不湊巧了。

這條路不能用於逃亡。儘管如此判斷的矢瀨打算在巷道拐彎——

「等一下，基樹。那條路也不行！」

淺蔥卻連忙制止他。

矢瀨也馬上察覺原因何在，因為路上冒出了密密麻麻的地裂細紋，地裂中心處有個身高超過三公尺的壯碩男子。

以倒在自家庭院的那個巨漢為中心，有股驚人的魔力正在打轉。

「巨人族（Gigas）的精靈魔法……！」

矢瀨茫然嘀咕。不只背後的吸血鬼和巨人族，眼裡可見的範圍內，到處都有魔族開始做出異常的舉止。

在路上獸化而痛苦掙扎的獸人族；在霧化狀態下失去意識的吸血鬼；不停地胡亂召喚精靈的妖精族（Elf）——只能想成所有居住於絃神島的登錄魔族都一起失控了。

「這到底是怎麼了？摩怪！發生什麼狀況了！」

淺蔥快嘴快舌地朝手機大罵。

人工智慧的答覆冷靜得令人惱火。

『如妳所見。幾乎全絃神市內的魔族都被占據了意識，陷入失控的狀態。特區警備隊已經全員出動處理這樣的狀況，但畢竟寡不敵眾。』

「你之前說特區警備隊沒辦法來救我們，原來是這個意思嗎……！」

矢瀨急得猛搔頭。

特區內的魔族同時失控。雖然這樣的狀況前所未聞，不過顯然是「魔族特區」破壞集團人為造成的現象。

住在絃神島的魔族不過占全人口的百分之四，即使如此仍超過兩萬人。要是他們同時失控，光靠特區警備隊也無法應付。可以想見的是不只普通民眾會受到傷害，最糟的情況下，整座人工島會因而瓦解。

「失控的原因是什麼？」

『誰曉得。小姐妳怎麼看？』

摩怪用問題回答淺蔥的問題。淺蔥幾乎毫不遲疑地回答：

「我想是遲效性病毒。」

『咯咯，我有同感。』

「……什麼意思？」

無法理解狀況的矢瀨獨自露出疑惑的表情問。

「魔族登錄證啊。那只手鐲裡裝了用來啟動簡易魔法的回路，以便監測魔族的身體狀態以及鎖定位置資訊。」

「難道說，有人把病毒灌進那個回路裡面了？」

矢瀨回神轉身，看向倒在人行道的吸血鬼。

那些登錄魔族的手腕上都戴著金屬手鐲。刻在手鐲表面的幾何圖形縫隙裡，正不停地發出紅光。

『即使說是簡易性質的回路，幾乎所有魔族都是全天候將那直接戴在身上。假如當成咒術的觸媒，效果可強了。想讓他們陷入催眠只是小意思。』

摩怪口氣莫名得意地說。

矢瀨一副無法置信似的搖頭。

「同時讓島上所有魔族登錄證被病毒感染嗎……怎麼辦到的？」

「對方用了特區警備隊的網路。」

淺蔥口氣異樣冷靜地回答。矢瀨訝異得回頭看了她。

「特區警備隊？對了，妳昨天說過，特區警備隊發生了網路被駭的風波……」

「這表示那個犯人的真正目的，並不是劫持特區警備隊的伺服器，而是讓魔族登錄證感染病毒。」

「連妳都沒有察覺嗎……？」

「有什麼辦法。我到特區警備隊本部的時候，敵人拿來當重頭戲的程式已經完成任務，消失得無影無蹤了。根本無從察覺嘛。」

淺蔥鬧脾氣似的噘嘴回話。

摩怪則發出咯咯笑聲，袒護淺蔥似的說：

『再說魔族登錄證（手鐲）的防火牆守得密不通風，即使明白原理，正常來講也辦不到這種事。犯人非常高竿。』

「倒不如說，駭入魔族登錄證又沒有好處，一般才不會有人做這種事啦。」

「哎，確實也是，感覺只能用在無差別恐怖攻擊……」

矢瀨環顧島上的慘狀，短短地發出嘆息。

憑魔族登錄證搭載的裝置記憶體容量，應該沒辦法執行複雜的魔法。頂多只能讓魔族失去意識，並且使其失控。但即使如此，以魔導恐怖攻擊的道具而言仍算得上恐怖的威脅。

「欸，摩怪。你們說的那個病毒沒辦法對付嗎？」

『辦不到。物理上沒有路徑可以連線，因為魔族登錄證目前已經和特區警備隊的網路切離開來了。』

「意思是通訊被切斷，就不能傳送掃毒程式（疫苗）到魔族登錄證嗎？」

『哎，要強行介入在獨立運作模式下的魔族登錄證，倒也不是沒有辦法……』

摩怪若有所指的嘀咕讓矢瀨微微倒抽一口氣。

「對了……還可以靠『C』……」

「你說的『C』，是我上次被帶去的那間電腦室嗎？」

淺蔥臉色納悶地看著矢瀨。「C」室——那是設在基石之門第零(Zero)層的特殊區塊。經過徹底氣密處理的空間內裝有管理絃神島的五座超級電腦的核心組件，與島上如神經般鋪設的網路相連接。堅固的外殼據說連核彈直擊或水深兩萬公尺的水壓都承受得住。

而且透過「C」所下達的命令，對人工島管理公社擁有的所有電腦都具備最優先的連線權。魔族登錄證自然也不例外。

當然，「C」的人員進出受到嚴格管控，甚至連人工島管理公社的上級理事或絃神市長都不准入內。因此「C」被謠傳為並不存在的虛幻房間。

「這樣啊……所以淺蔥才會被恐怖分子找上嗎……」

「什麼？」

被矢瀨盯著的淺蔥露出了尷尬的表情。

摩怪愉快地咯咯發笑，矢瀨則頭痛似的捂著眼睛。

「被允許進入『C』的正規使用者只有妳一個。要是妳死了就沒人能遏止魔族失控。」

「啥……！」

淺蔥目瞪口呆地睜大眼睛。

「什麼話啊，我第一次聽說耶！為什麼要瞞著當事人設計出那種專屬個人的系統，要蠢嗎！我完全是被連累的嘛……！」

淺蔥激動得揪住矢瀨的胸口。

淺蔥固然是個優秀的駭客，但她基本上仍是普通的高中女生，在人工島管理公社當軟體工程師終究只是用來賺零用錢的兼職。她壓根沒有意願扛起左右絃神島命運的重責，更不想為此遭受生命危險。

然而，淺蔥本身卻在渾然不知的情況下被登記成「C」的正規使用者，還被狙擊手索命。她會生氣也是合情合理。可是——

「唔……！」

矢瀨抱著大鬧的淺蔥滾到地上。

子彈掠過兩人頭頂，打穿了他們背後的民宅。彈著後炸開的牆壁碎片像冰雹一樣撒落在矢瀨背上。

「之後妳要怎麼抱怨，我都願意聽。先設法度過這一關吧。無論如何，我都要把妳帶到基石之門！」

硬是把淺蔥拖起來的矢瀨大吼。

「要不然，今天真的會是絃神島的末日。」

有股異樣氣息開始在嘀咕的矢瀨頭上打轉。魔族失控釋出的魔力達到飽和，正要籠罩絃神島上空。

他不曉得那會招來什麼樣的結果。

然而，可以肯定的是絕非好事。

「饒了我吧……」

跟好友借了口頭禪的淺蔥嘀咕。

「就是啊。」

矢瀨也由衷認同地點頭。

3

雪菜目瞪口呆地從差點倒毀的大樓樓頂俯望地面。

市區到處有魔力失控。

在那當中，吸血鬼眷獸造成的災情果然格外顯著。即使是相對年輕的吸血鬼，其眷獸要是被徹底解放，仍有足夠的威力將整棟房子轟飛。何況舊世代的眷獸戰鬥力可比最新銳戰車，甚至更勝於彼。

不過，那些眷獸被召喚出來的地點和破壞目標毫無規則性。

他們的力量會失控，感覺並無目的。那並非出於魔族本身的意志，而是單純失去掌控。有人操控他們，才會讓魔力失去控制。

「這種狀況……到底要怎麼阻止……」

雪菜抱穩了古城受創的身體，嘴裡斷斷續續地嘀咕。

超過兩萬的魔族集體魔力失控──史無前例的大災難。雪菜再怎麼想也不知道要怎麼做才能阻止。

雖然特區警備隊已經出動平抑災情，但是戰力很顯然並不足。而且指揮他們的人工島管理公社失去了眾多幹部，至今仍處於混亂狀態。

即使向獅子王機關的本部求援，應該也討不到救兵。絃神島周圍的海域依然被千賀用八卦陣封鎖著。

一切都照著深淵之陷規劃的劇本在走。

這樣的事實讓雪菜絕望。

「我到底……該怎麼辦……」

無底的空虛感襲來，雪菜忍不住閉了眼睛。

如果能逮到狄珊珀或千賀，事態或許還會好轉。可是絃神島目前混亂至極，要找出他們近乎不可能。

這種時候要是那月在，或許就會給予建議，但是她目前也動彈不得。淺蔥則遭受狙擊手襲擊而生死不明，古城更受了瀕死的重傷而倒地不起。

「學長……」

雪菜將古城的頭抱到自己胸前，縮成了一團。

目前沒有受傷還能行動的只剩雪菜。可是，她卻手足無措。雪菜只能眼睜睜地看著絃神島瓦解，這樣的無力感將她打垮了。

雪菜眼裡變得熱熱的，嗚咽聲微微湧上。於是——

這時候，有人用冷透的手輕輕地裹住了雪菜低垂的臉。

理應失去意識的古城睜開眼睛，並且用沙啞的細細聲音叫她。

「妳那是什麼臉啊，姬柊？」

雪菜則傻眼似的看著古城那模樣。

「曉學長……！你已經恢復意識了嗎……？」

「勉勉強強啦……」

古城微微咳了一聲，搖搖晃晃地撐起上半身。

中了十幾發子彈的古城幾乎五臟六腑都毀了，肉體卻在短短的時間內就已經痊癒大半。

和以前喪命時相比，康復速度顯然更快了。古城身為吸血鬼的力量正在變強。

雖然那也是令人擔憂的事實，不過現在並不是煩惱的時候。

「千賀那混帳，居然毫不留情地開槍猛轟，痛得要死。」

古城摸了摸稀巴爛的連帽外套，恨恨地說道。

那些話太合情合理以至於聽起來有點蠢，讓雪菜忍不住小聲地噗哧笑了出來。古城則一副覺得不可思議的樣子看著她問：

「所以說，姬柊，妳為什麼在哭？」

「我沒有哭。」

雪菜悄悄轉過頭，並且口氣平穩地回答。古城「咦」地咕噥，蹙著眉又說：

「呃，可是——」

「我說沒有就是沒有。」

「呃，可是妳眼睛紅通通的耶。」

「我才不想被吸血鬼這樣講。不管這些了，學長，你看街上！」

「唔喔！」

古城俯望底下街道的景象，驚愕地說不出話。

失控的眾魔族導致道路和建築物被破壞，市區到處都發生火災。街上不停傳來人們尖叫以及緊急車輛的警笛聲。

「這是怎麼回事……！我躺著的這段期間發生什麼事了！」

「登錄魔族的魔力失去控制了。雖然不清楚手法，但我想肯定是深淵之陷搞的鬼。」

「強行讓魔力失控嗎？說起來跟狄珊珀對我做的事情有點像。」

「是的。」

雪菜對古城嘀咕的內容點頭。最初在倉庫街跟狄珊珀交手時，她曾支配古城的心靈並且占據眷獸的掌控權。

絃神島發生的狀況與當時情形酷似，這恐怕並非偶然。對方或許解析過狄珊珀眷獸的能力，再構築術式將其重現。

「淺蔥呢……？」

古城表情僵硬地問。雪菜默默搖頭。她沒有手段能在這種混亂的狀況下確認淺蔥安危，放出去搜索的式神也已經受到失控的魔力波及而折損了。

古城悶不吭聲地撇嘴。古城失去意識的這幾分鐘對於向淺蔥索命的狙擊手來說，時間應該足以完成任務了。結果，古城沒能阻止深淵之陷的狙擊手。那種後悔及絕望沉沉地壓在他的心頭。

就在隨後，古城耳邊傳來了挖苦似的合成語音。

『不要緊，淺蔥小姐還活著。勉強啦。』

「你是……摩怪！」

從古城那支液晶螢幕裂開的手機傳來了跟淺蔥搭檔的人工智慧的聲音。摩怪對嚇到的古城咯咯笑道：

『詳細情形省略不提，小姐現在要去基石之門。市內出現魔族失控的狀況，原因是出在魔族登錄證被駭了。』

「被駭？」

古城不自覺地偏頭。

「是魔族登錄證被劫持的意思嗎？辦得到那種事？」

『就是有人辦得到啊。然後呢，目前只有小姐能解除狀況。』

「那就是千賀他們要對淺蔥不利的的原因嗎……！」

假如這場異變是起自深淵之陷的駭客攻擊，淺蔥會遭受狙擊就能獲得解釋。千賀他們畏懼的是淺蔥那天才般的程式設計能力。

只要淺蔥平安抵達基石之門就能讓魔族停止失控。對深淵之陷的計畫來說，那應該會是致命性的阻礙。

「摩怪，告訴我淺蔥的位置。我們會保護那傢伙。」

『第四真祖小哥，雖然我懂你的心情，不過有其他事情得拜託你們耶。』

「……拜託我們？」

古城一臉意外地反問。他不認為現在有事情會比保護生命遭受危險的淺蔥更加優先。

然而，摩怪用了認真無比的口氣繼續說道：

『總之，在小姐設法解決魔族登錄證的問題以前，能不能先請你防止絃神島完蛋？』

「絃神島會完蛋……為什麼？」

『——小哥，你看上空。』

在人工智慧的引導下，古城抬頭。接著他便說不出話了。因為直徑達十幾公里的神祕幾何圖形蓋滿了絃神島的天空。

那既像密集的極光也像魔力漩渦，或者看上去更像美麗的花瓣——由魔力催生出的深紅色妖花。

「是……薔薇嗎？」

「不，學長……這是魔法陣，密度高得難以置信……」

雪菜用發抖的聲音糾正。

她所說的話讓古城也察覺了薔薇的真面目。那道大規模幻影是複雜圖樣經過層層交疊後的聚合體，足以將絃神島整個籠罩的巨大魔法陣。「魔族特區」供給了龐大的魔力，讓它具現成形。

住在絃神島上的兩萬名登錄魔族的魔力都被吸來組成這道深紅色魔法陣了。

他們會統統昏倒，原因恐怕不只是魔力失控，而是魔力被這道魔法陣奪取所致。

「這就是『深淵薔薇』的真面目……」

古城全身悚慄。

連沒有魔法知識的古城也能理解這道魔法陣有多危險。如今絃神市上空有更勝於過去邪神薩薩拉馬丘的龐大魔力正在翻湧。

「可是，聚集這麼大的魔力到底要做什麼……」

臉色蒼白地抬頭仰望的雪菜似乎察覺了什麼而倒抽一口氣。

有幾片花瓣從魔法陣形成的薔薇飛落。

濃密得足以具現的聚合體。那些花瓣不久便幻化成擁有意志的野獸模樣。

「不會吧！」

「那是眷獸嗎——！」

雪菜和古城同時大喊。

從「深淵薔薇」催生的眷獸發出蘊含魔力的咆哮。那股波動變成了灼熱火焰，落在絃神市的市區。

4

從深紅「薔薇」催生出的眷獸有六頭，全長分別是三到五公尺左右。雖然實體化仍不完全，但是它們幾乎保有完整的野獸輪廓。即使威力不及「舊世代」，肯定也屬於相當強大的眷獸才是。

蘊含魔力的漆黑火焰燒向人工島大地。儘管這個區塊的人口密度不高，狀況依舊危險。

更驚人的是魔法陣仍然在召喚眷獸。

靠魔力綻放的深紅花瓣每次飄落，眷獸就會一頭又一頭地增加。它們降落在絃神島的大地，正準備盡情破壞。

「這些傢伙是誰召喚出來的……？」

焦急得臉皺在一起的古城問雪菜。狄珊珀應該是強大的「舊世代」吸血鬼，可是感覺她不可能獨自召喚這麼多的眷獸，要將它們全部駕馭住就更不可能。

「我想宿主就是魔法陣本身。那道魔法陣正在濫用從全城魔族吸取的魔力召喚眷獸。」

雪菜臉色緊繃地回答。不會吧——古城訝異地看她。

「用那種方式，要怎麼讓眷獸聽話？」

「不，沒必要操控眷獸。至少深淵之陷沒那種意思——」

「難不成，他們打算漫無目標地發動攻擊……！」

古城全身的血液因恐懼及憤怒而冷卻了。

狄珊珀他們的目的是摧毀絃神島，如此而已。他們不需要對「深淵薔薇」召喚的眷獸進行精密操作，光是讓它們失控狂飆就夠了。

古城總算了解那群人之所以被稱為「魔族特區」破壞集團的理由。

利用從登錄魔族吸取而來的魔力盡情召喚眷獸。只有在「魔族特區」才能實現那樣的破壞工作，這正是他們所用的神祕手法真面目。

「學長！」

「我明白！迅即到來，『獅子之黃金』——！」

古城朝著在頭上交錯飛舞的眾眷獸放出雷光巨獅。

眷獸是具現化的高密度魔力聚合體，因此普通武器無法對它們造成傷害。據說除了用更強大的魔力剋制以外，並無其他方法能打倒眷獸。

能對抗眷獸的只有特區警備隊擁有的大型魔法兵裝、部分國家攻魔官持有的強大魔具，以及吸血鬼的眷獸。

然而，特區警備隊的隊員們忙著鎮壓及援救失控魔族，沒空對付眷獸。國家攻魔官應該也是一樣。

而且，登錄魔族遭受深淵之陷的駭客攻擊，幾乎全都陷入昏迷狀態。如今，能阻止「薔薇」眷獸的只有不具魔族登錄證的未登錄吸血鬼——換句話說，只有古城能辦到。

幸運的是，「薔薇」眷獸的力量遠遠不及第四真祖的眷獸。雷光巨獅一擊就讓它們潰散消失了。

要扳倒那些眷獸不成問題。就在古城如此判斷的下一刻——

「……又復活了嗎！」

理應被雷獅撕裂的那些「薔薇」眷獸，又變回野獸的形體了。

古城再次命令自己的眷獸攻擊，但結果還是一樣。即使雷光巨獅極盡破壞之能事，「薔薇」眷獸仍一直增加。

「召喚魔法還在持續。」

雪菜不甘心地仰望深紅魔法陣嘀咕。或許是為了對抗古城的攻擊，「薔薇」花瓣散落的速度變快了。不停增殖的眷獸超過幾十頭，已經無法詳數正確數目。

「增加的速度比我摧毀的還快嗎！既然這樣——」

古城召喚了新眷獸——發亮的水銀色雙頭龍，能將空間本身吞噬殆盡的「次元吞噬者（Dimension Eater）」眷獸。

張開巨顎的雙龍毫不留情地衝進蓋滿天空的魔法陣。連空間一起被削掉的魔法陣宛如蟲啃過的花朵，變得醜陋而扭曲。

但是，那只維持了片刻。從地上供給的龐大魔力讓魔法陣再生，「薔薇」眷獸的數量又增加了。

「連空間一起削掉也沒用嗎……！」

古城的聲音透露出動搖。光靠雷獅已經制不住持續增殖的眾「薔薇」眷獸了。部分眷獸降落到地上，而且另有一群朝古城等人殺了過來。

「可惡！迅即到來，『神羊之金剛』！『水精之白鋼』！『甲殼之銀霧』！」

咂嘴的古城召喚出新的一批眷獸。

金剛石塑成的大角羊灑下寶石結晶；銀色甲殼獸則靠著將建築物轉化成霧氣來保護城市；巨大水妖更讓被摧毀的街道再生成扭曲的模樣。

雖然離完整的形態仍舊遙遠，這就是古城目前的極限。第四真祖的眷獸強大過頭，基本上除了摧毀以外別無用途。它們完全不適合用於防禦。只要操控稍有閃失，別說保護城市，難保不會連著敵方眷獸跟絃神島一起毀滅。

「不妙……果然惹火它們了嗎……！」

古城瞪著進逼的眾「薔薇」眷獸，咬牙切齒。目前他光要迎敵和防禦市區就分不出心思了，沒有餘裕召喚新眷獸來保護自己。

可是，「薔薇」眷獸顯然是衝著古城而來。古城之前大肆掃蕩它們的同伴，使他完全被認定為敵人了。

形態不安定的「薔薇」眷獸外貌五花八門，有的像蝙蝠，有的則像猙獰的肉食性魚類。或許是因為本身並不具備完整意識的關係，它們的行動模式單調，只會全身裹著魔力火焰朝獵物直直衝過來。

其中有一頭——看似小型恐龍的眷獸到了古城背後，並揮下裹著火焰的鉤爪。銀色槍鋒一閃而過，搶先將它擊落了。

雪菜動用能讓魔力失效的長槍將「薔薇」眷獸貫穿。被稱為獅子王機關祕藏兵器的「雪霞狼」是連吸血鬼真祖都可以誅殺的破魔長槍。環繞在銀色槍鋒的神格震動波光輝消滅了「薔薇」眷獸，好比摧毀脆弱的糖雕。

「姬柊……！不好意思，讓妳救了一命！」

「不會，我只是做了身為監視者該做的事。學長，更重要的是——」

「我明白。再這樣下去，整座城市撐不到淺蔥抵達基石之門那一刻。」

古城擦掉額頭上冒的汗嘀咕。

他召喚了第四真祖的眷獸力壓眾「薔薇」眷獸。

然而，新眷獸仍源源不絕地從上空的魔法陣催生而出，降落在城市的各個角落。憑古城一個人怎麼也無法迎戰所有眷獸。

儘管第四真祖保有的魔力總量接近無限，操控魔力的古城在精神力上卻有其極限。操控太過強大的眾眷獸會消耗神經，讓疲勞加速性增長。這樣下去，古城的眷獸跟著失控只是時間問題。

「我們該怎麼辦，姬柊？」

「這……假如沒辦法攔阻供應給『深淵薔薇』的魔力，那就只好打倒操控『薔薇』的施術者……」

「施術者……？」

「是的。施術者應該奪走了魔族登錄證的控制權，正在某個地方維持魔法陣。」

「施術者……對了，就是千賀口中叫菈恩的那傢伙嗎……」

千賀在啟動「薔薇」的前一刻，曾用耳機麥克風對同伴下指示。在動物醫院見過的最後一名深淵之陷成員。她恐怕就是維持魔法陣的樞紐（Hub）。

「可是，要怎麼找出那傢伙的所在地……？」

「對不起……學長……我試著用了探測咒術，但我沒有將整座絃神島看透的能耐……」

如此說完的雪菜沮喪地低頭。她一臉快要哭似的搖搖頭。雪菜是專精和魔族肉搏的劍巫，複雜的咒術在她的專門之外。

「妳又不用道歉。我也辦不到啊。」

「不，可是我……」

「結果還是只能等淺蔥解決登錄證被駭的問題嗎……可惡！變得跟摩怪說的一樣了。」

古城一了百了地笑著攤開雙手。那個愛挖苦的人工智慧應該從最初就料到事態會變成這樣，才會叫古城他們保護絃神島。

不過，古城覺得八成連世界最頂尖的超級電腦都沒有料到「深淵薔薇」的真面目是如此棘手的召喚魔法陣。

市區的災情顯然增加了。如今「薔薇」眷獸的增殖速度早就完全凌駕古城用眷獸消滅它們的速度。光靠古城一人已經保護不了絃神島。

沒救了嗎——就在古城產生絕望預感的下一刻。

驚人巨響伴隨萬丈豪光閃過了絃神島上空。

5

那是讓人聯想到戰艦艦砲射擊的大規模咒術砲擊。

壓倒性的魔力量足以匹敵真祖眷獸。數十頭「薔薇」眷獸被那波攻擊吞沒，還沒來得及哀號就消滅了。

「六式重裝降魔弓（Der Freischütz）……」

雪菜察覺突然來到的咒術砲擊真面目，口裡不由得嘀咕。

一支飛快的箭催發了萬丈劇烈光芒。箭頭鑲著鳴笛的嚆矢唱誦出人類不可能重現的高密度咒語。

那是獅子王機關賜予舞威媛的試作鎮壓兵器「六式重裝降魔弓」所發射的咒箭。

而且，新的嚆矢又帶著異響接連飛來了。

異響催發出眾多的小型魔法陣。那些魔法陣變成了落在市區的幾百支光箭，精準地只將那些「薔薇」眷獸射穿。

「多重魔彈鎖定（Multi Lockon）……這術式該不會是……」

瞠目的古城稱讚：「好猛。」他旁邊的雪菜則奮然抬頭。

有道看似飛鳥的小小黑影出現在他們倆的視野之中。那道黑影正貼著海面破風滑翔而來。隨著原本渺小的身影離絃神島越來越近，古城他們才察覺其身軀之龐大。猶如遠古時期絕種的恐龍蛇身，還有單翼超過十公尺的巨大翅膀。那是頭長著鐵灰色鬃毛的龍族。

「古城！雪菜！」

跨在龍背上的一名少女正朝古城他們揮手。

古城知道對方的名字。幾天前在本土見過的劍巫少女。

「唯里！紗矢華……還有志緒學姊……！」

雪菜訝異得睜大眼睛。

龍的背上除了羽波唯里以外，還載著兩名少女。她們手上各拿著銀弓。那是獅子王機關的舞威媛，煌坂紗矢華和斐川志緒。將「薔薇」眷獸擊落的咒箭正是她們所發。

「妳是……葛蓮姐嗎！」

『姐～～！』

鐵灰色飛龍一降落古城等人所在的大樓樓頂以後，就開始變身了。從巨大龍族轉變成長髮的嬌小少女。

剛解除變身的龍族少女身上自然沒穿衣服。被她光溜溜地撲過來，古城整個人僵住了。

「啊——！喂……你搞什麼啦，曉古城！」

「葛蓮妲，妳等一下！衣服！穿衣服！」

紗矢華和唯里連忙趕到古城他們那裡。

志緒冷冷看了古城他們一眼，然後走向雪菜。

「姬柊雪菜，原來妳沒事。能不能請妳說明情況？」

「好的，志緒學姊。不過，妳們究竟是怎麼來絃神島的……？」

「我們搭的船原本就開到絃神島附近了。雖然受到八卦陣阻礙無法接近，不過還是勉強破解了陣法——」

「妳從內側破解了八卦陣的術式嗎……！」

「啊，沒有……並不是我獨力辦到的就是了……」

志緒被雪菜用閃閃發亮的尊敬眼光看著，露出了尷尬的表情。要講明自己是跟紗矢華聯手，對她來說似乎會有抵抗。於是——

沒被提到的紗矢華急得闖進了狀似親密地講話的雪菜和志緒之間。

「妳幹嘛跟我的雪菜講話講得這麼親暱，斐川志緒！」

「還不是因為妳拖拖拉拉把心思放在男人身上！」

「啥！可是我才沒有把心放在這種男生身上……！」

「不，妳的心完全在他身上。感覺妳根本沒把其他事情放在眼裡。」

「哪有可能啊！要說的話，羽波唯里才是吧——」

「唯里跟他沒有關係吧！」

雪菜啞口無言地朝兩個用額頭互頂的學姊看了一會兒。不過，她立刻振作起來，想到現在不是吵這些的時候。

「那個……我可以說明了嗎……？」

紗矢華她們注意到雪菜咳了一聲清嗓，才連忙擺正姿勢。

「——狀況如妳們所見，這是針對整座絃神市的無差別攻擊。主謀為自稱深淵之陷的『魔族特區』破壞集團。目前所知的成員有自稱狄珊珀的吸血鬼、風水術士千賀毅人、擁有引火能力的少年人工生命體洛基，然後還有狙擊手。」

「另外還有個劫持魔族登錄證系統的駭客。」

把葛蓮妲揹在背後的古城補充說明。

「魔族登錄證……原來如此，是這樣啊……」

「召喚這些眷獸的魔力，都是來自那裡嘍……」

志緒和紗矢華立刻理解並點頭。她們倆縱使在協調性方面多少有問題，終究還是優秀的攻魔師。

「為了解決那玩意，淺蔥正要趕到基石之門。在那之前，非得從這些眷獸的攻擊下保住絃神島才行——」

「簡單來說，找出操作這道魔法陣的施術者就行了吧？」

紗矢華開口打斷古城的話。語氣乾脆得令人吃驚。

「辦得到嗎？」

「當然了。」

紗矢華看向訝異的古城，看似得意地挺胸。

志緒立刻把話接著說了下去。

「獅子王機關的舞威媛是詛咒和暗殺的專家，自然也有學到反剋詛咒的技法。找出施術者是基本中的基本。」

「欸……那本來是我要說的耶……！」

「撼鳴吧——！」

從制服的胸口處掏出咒符的志緒短短唱誦禱詞。咒符立刻變成眾多飛鳥，分散在整座絃神島。

「唉唷，受不了……！」

紗矢華也灑下咒符和志緒對抗。兩名舞威媛催生出的式神數量一下子就破百了。它們排出整齊的隊形，開始在市區上空盤旋。它們正循著「深淵薔薇」的魔力探查施術者位置。

「好了。在找出施術者位置以前，要爭取時間。」

「不好意思，唯里，麻煩妳支援。裝填咒力似乎會花上一些時間。」

紗矢華和志緒說完，便各自舉起銀色西洋弓。

被兩人消滅的眾「薔薇」眷獸已經再生完畢。紗矢華她們打算再一次將那些眷獸射下來。

「改良型六式降魔劍（Rosenkavalier Plus），啟動（Boot up）——！」

唯里從揹在背後的樂器盒抽出長劍。那把劍和紗矢華的「煌華麟」一樣，刻印著能模擬切斷空間的咒法，是對付眷獸也管用的強力武神具。在志緒她們將咒箭準備好以前，唯里應該是打算上前迎戰眾「薔薇」眷獸。

「我來保護煌坂同學她們。古城你先休息一下。」

「呃，可是……」

「你累了吧，流了好多汗喔。」

被唯里提醒，古城才終於察覺自己消耗得比預料中更嚴重。為了保護絃神島，他接連祭出了五頭第四真祖的眷獸。之前更與狄珊珀交手。疲憊程度實在到了極限。

「雪菜（小雪），古城就拜託妳嘍。」

唯里這麼說完以後便衝向前去。

古城反射性地想要追上去，然而雪菜制止了他。

「學長，我有些話想跟你說。」

雪菜帶著苦思的表情朝古城招手。

然後，她拖著古城走向差點倒毀的大樓樓梯。

6

雪菜帶古城到了大樓頂樓的走廊。那裡似乎是貿易公司的倉庫，不過員工大概都已經疏散完畢了，周圍感覺不到有人的動靜。

陰暗走廊的牆壁上有裂痕，從縫隙間不時會傳來爆炸聲。紗矢華她們仍在和眾「薔薇」眷獸交戰。

「姬柊？怎麼了啦，把我帶來這種地方？拋下煌坂她們可以嗎？」

古城朝著停下腳步的雪菜背影問。

雪菜聽了，肩膀頓時一顫。她低著頭微微嘆氣，不久便下定決心似的轉頭看向古城。

「學長。」

「怎、怎樣？」

古城受到態度格外鄭重的雪菜影響，不由得也緊張起來。雪菜則當著他的面，靜靜地閉了眼睛。她祈禱似的將雙手交握在胸前，然後稍稍抬起下巴。

簡直像在跟古城索吻的模樣。

「呃，姬柊……？」

「可以喔。」

當著疑惑的古城眼前，雪菜淡紅色的嘴唇在發抖。她細語似的嗓音讓古城心臟猛跳。

「啥？」

「意思就是，你可以吸我的血喔……請、請不要讓我自己說出口……」

「血？啊，妳的血嗎……什麼嘛，原來是這麼回事……」

別嚇我啦——古城吐了口氣。感覺既安心又遺憾的複雜心情。

「不對，等一下。妳叫我吸血，在這裡嗎？」

「是的。」

雪菜閉著眼睛回答。古城一邊朝她迷人的睫毛看得入迷一邊又說：

「可是，煌坂她們就在附近耶……」

「我明白。所以請你……快一點。」

微微臉紅的雪菜開口催促古城。閉著眼睛的她毫無防備地朝古城貼近。古城不禁按著雪菜的肩膀問：

「但是……怎麼這麼突然……？」

「你還記得狄珊珀小姐的能力嗎？」

「支配眷獸的能力嗎……不對……難道說，並不是那樣……？」

古城含糊其辭。雪菜則沒有表示否定與肯定。

狄珊珀用安全帽與防風眼鏡遮住的容貌，那和古城好幾次在夢中見到的少女一模一樣。

奧蘿菈．弗洛雷斯緹納。將力量讓給古城以後就消逝的上一任第四真祖。

第十二號「焰光夜伯(Kaleido Blood)」——

狄珊珀和她(奧蘿菈)有一樣的長相。

「假如我猜想的沒錯，要封住狄珊珀小姐的眷獸並不難。」

雪菜張開眼睛，在極近距離下望著古城。

「只要學長不把第四真祖眾眷獸的支配權交給她就行了。只要學長身為吸血鬼的能力變強，就能讓狄珊珀小姐的能力失效才對——」

「啊……所以妳才突然要我吸妳的血。」

「只、只有這次破例。因為情況緊急。」

臉紅的雪菜這麼說完以後，忽然露出了不安的表情。她將視線落在自己的胸口，接著又往上朝古城瞟了過來。

雪菜固然是個漂亮的少女，不過要談到她這種類型有沒有女人味就難說了。瘦弱體型保留著濃厚的年幼色彩，對此她本人應該也有自覺。

而且讓吸血鬼對血感到飢渴——產生吸血衝動的並非食慾，而是性慾。這表示古城要吸雪菜的血，就必須對雪菜有性方面的興奮。

「我這樣……不行嗎？」

雪菜低聲問道。不不不——古城搖頭。

「呃，不是妳行不行的問題……在這種狀況下，實在不太方便。」

朝龜裂牆壁和背後樓梯瞄來瞄去的古城板著一張臉。明明紗矢華等人正在旁邊和「薔薇」眷獸展開死鬥，這種時候被要求吸血也很令人困擾。

若要比喻，這跟被人命令在砲彈來回飛射的戰場上吃飯一樣。無論眼前擺了多棒的美食，總還是讓人食不下嚥。

「你的意思是會在意旁邊，沒辦法專心嗎？」

雪菜理解似的點頭。妳懂了啊——如此心想的古城鬆了口氣。

「我明白了。那麼學長，請閉上眼睛。」

「好、好啊。」

古城照雪菜吩咐的閉了眼睛。雪菜確認過他閉眼以後，似乎有什麼動作。古城只能聽見衣服窸窣摩擦的聲音。那當然是有理由的行動才對，可是古城完全不懂她在想什麼。

經過一段意外長的時間，當古城開始不安時，就感覺到有塊柔軟的布料蓋住了他的眼睛。他發現自己被矇住眼睛了。

「姬柊？這是……？」

「請不要介意。那是我穿在制服底下的襯衣。因為用手帕長度不夠。」

「咦？妳說制服底下的襯衣……」

古城發覺那是雪菜剛才穿在身上的貼身背心，心裡亂成了一片。自己被女生用貼身背心矇著眼睛——這到底是哪門子的情景啊？他心想。

「感覺有股香味耶……類似肥皂。」

「請不要聞味道！不用解說了！」

「呃，就算妳那麼說……還有，這是怎樣……？」

發覺自己被雪菜握著手的古城偏了頭。他的手指在雪菜引導下，碰到了某種東西。

古城感覺到跟昂貴瓷器一樣光滑，同時又能包容手掌的柔軟觸感。清涼中含有一絲溫度，人類肌膚特有的舒適溫度。手掌在無意識間被吸了過去。

「姬、姬柊……這是……」

察覺自己直接碰到雪菜側腹的古城語塞了。

或許是眼睛矇著被人剝奪了視覺，觸覺就變得比平時更加敏銳了。好似皮膚相觸的搔癢快感透過指尖的神經傳達而來。

「學長覺得……怎麼樣……？」

雪菜用拚命忍住羞恥心的嗓音問道。古城摸索著要怎麼回答，可是感動太過強烈，沒辦法好好表達出來。

「嗯，很棒。雖然我不知道該怎麼說，但我會希望能一直這樣摸。」

「學長，你一直摸……會癢。」

雪菜似乎對古城的回答感到滿意，便用安心似的語氣這麼說。

她的呼吸好像因為緊張變快了一點。古城現在靈敏得連她的體溫、頭髮香味、呼吸和心臟跳動都能知覺到。

雪菜柔韌的肉體既結實又柔軟。瘦弱的體格與呈現優美曲線的肌肉，再加上遍布於滑嫩肌膚底下的血管，還有流動於其中的香甜血液——

古城在腦海裡描繪出那畫面，全身瞬間就湧上了驚人的飢渴感。

前所未有的強勁吸血衝動。

「學、學長？」

古城伸手到雪菜背後，硬把她摟進懷裡，並且用獲得自由的雙手隨心所欲地由下往上摸過雪菜全身。他把臉埋到雪菜耳邊，吸取頭髮醉人的香氣，然後輕咬毫無防備的耳垂。

「不是那邊……」

雪菜嚴重觸電似的往後弓起背脊。古城的右手摟住了她裸露的肩胛骨。同時，他還用左手裹住了雪菜隆起的胸部。

「請、請等一下……不可以……不、不要……」

雪菜做出拚命抵抗的舉動。然而她抵抗的力道與話語正好相反，是那麼的微弱。依然矇著眼睛的古城幾乎全憑本能用嘴唇找到了雪菜的頸根。

伸出銳利獠牙的古城咬破雪菜的肌膚，並且扎入她的體內——

「……！」

雪菜的肩膀在古城臂彎裡微微顫抖著。古城細心地舔去她身上冒出的血。雪菜是劍巫，靈力強大的巫女之一。攝取她帶有靈力的血，讓古城感受一股令全身沸騰的強烈魔力。

沉睡於古城血液中的眾眷獸似乎正在歡喜地吼叫。

即使如此，古城還是沒有解渴。身為吸血鬼的本能還希望進一步暢飲雪菜的血。

拚命抵抗那股慾求的古城打算拔出獠牙。他有預感，再繼續吸血會對雪菜造成危險。

就在隨後，任由古城擁抱的雪菜將雙手繞到了他的背後。

「不行，學長……不要停……請你多吸一點……」

雪菜主動將全身貼過來，似乎不希望離開古城。

古城感受著雪菜的血液餘香，一邊享受令人酥麻的愉悅一邊軟弱地搖了搖頭。

他已經從雪菜身上奪走相當多的血。雪菜應該早就接近極限了。

事情並非大量失血會造成危險這麼單純。古城和雪菜的吸血行為，對她的肉體有帶來重大變化的風險。

經由血液感染造成的假性吸血鬼化——會有讓雪菜變成「血之隨從」的風險。

「不行，姬柊……再繼續下去，妳的身體會……」

「可是……照現在這樣，學長或許贏不過狄珊珀小姐……」

原本身體頻頻抽搐的雪菜忽然放鬆了。臉頰暈紅的她不停喘息。果然雪菜的體力已經到了極限。

「姬柊……」

古城摘掉了矇著眼睛的貼身背心。他讓雪菜躺到擺在附近的沙發。雪菜脫掉了制服和襯衣，身上只剩遮著胸口的樸素胸罩。剔透白淨的肌膚染上了些許櫻色，美得令人訝異。

吸血衝動因此又被刺激，難以抵擋的喉嚨乾渴感讓古城發出呻吟。此時——

內心掙扎的古城背後傳來了可疑的「喀噠」聲響。

「姐……？」

「葛蓮姐，不可以過去……！」

回頭的古城看見了從樑柱死角露出半邊臉的葛蓮姐和唯里。

她們八成一直在偷看雪菜被古城吸血的模樣。唯里的臉興奮得連耳根都紅通通了。

另一方面，葛蓮姐想從更近的地方觀察古城他們，就被唯里一把抓住了脖子。剛才的聲音是出自當時被唯里撞倒的劍。

「唯里……？」

雪菜微微睜眼看向唯里。唯里連忙搖頭。

「不、不是的，雪菜（小雪）……我沒有偷看的意思……妳想嘛，志緒那邊好像應付得來，葛蓮姐也累了，所以我想帶她跟你們一起休息……妳別誤會。還有我什麼都沒有看見！」

有一道深紅色液體流過了不停找藉口的唯里嘴邊。是她的血。

也許是搖頭太用力或者精神上動搖或興奮的關係，唯里流了鼻血。

古城似乎受到血味的牽引而走向唯里。

「古、古城……等一下……咦？」

後退的唯里背後有葛蓮妲莫名其妙地將她往前推。葛蓮妲的表情似乎正在向古城訴說：趕快讓我看接下來還會做什麼。

「學長……因為情況緊急，這次就破例准許你。僅限這次而已喔……！」

雪菜不滿地鼓著腮幫子，還用認命似的口氣嘀咕。

聽見她那麼說的古城如釋枷鎖地靠近唯里。

「雪、雪菜（小雪）……？妳說准什麼？還有葛蓮妲，妳為什麼要抓著我！」

古城將疑惑的唯里逼到牆角。唯里表示服從似的把兩手舉到與肩同高，搖搖頭說：

「等、等等，那個……雖然我不排斥，可是我是第一次……心裡……還沒準備好……」

「抱歉，唯里。麻煩你忍耐一下。」

古城將手伸向放棄抵抗的唯里，輕輕抬起她纖細的下巴。

細細的脖子外露，古城粗魯地將獠牙扎了進去。

「不、不會吧……別、別看我，雪菜（小雪）……啊……」

唯里因為瞬間的疼痛而全身緊繃，不久便放鬆力氣把自己交給了古城。她的聲音裡開始夾雜著嬌喘。新血流進古城體內，逐漸療癒了他的飢渴。

雪菜用白眼望著古城他們那副模樣，鬧脾氣似的嘆氣說：真是的。

7

籠罩島嶼上空的魔法陣目前仍不停召喚出眷獸。

成群眷獸降落，紗矢華和志緒用咒術砲擊將其擊退。新一批眷獸不久後又會誕生，她們再迎頭痛擊。周而復始。

戰況可說相互拮抗，不過紗矢華她們當然也明白局面不可能永遠這樣撐下去。雖說有武神具的助力，紗矢華她們的咒力仍有極限，況且咒箭也所剩無幾。任一邊用罄，她們就沒有手段能對抗「薔薇」眷獸。在變成那樣以前，要趕緊找出操控魔法陣的施術者，癱瘓其戰力——那就是解救絃神島的唯一辦法。

「煌坂，咒箭還剩幾支？」

志緒舉著銀色西洋弓——改良型六式降魔弓問。她的呼吸有些紊亂，臉上倦色已濃。連續祭出咒術砲擊，對志緒的肉體也負擔甚大。

不過這對紗矢華來說也是一樣。她的六式重裝降魔弓威力強大，咒力消耗量也就格外地劇烈。

即使如此，隱藏疲倦的紗矢華仍若無其事地回答：

「含備用剩下六支！妳那邊呢？」

「我這裡也是。照這樣看來，頂多再撐三到四分鐘。」

「唉唷……沒完沒了嘛……！」

紗矢華嘴上抱怨歸抱怨，手裡仍扎扎實實地放出新的咒箭。行雲流水般的優美射姿連志緒也看得出神。

志緒的心思會出現一瞬間空白正是因此所致。

「──！」

猛一回神，看似深海魚的詭異眷獸已張口逼近她的頭頂。

距離來不及重新上箭。明白這一點的志緒臉色僵凝。

完全是志緒失誤。原因出在身為見習弓魔師的她實戰經驗太少。要是被吸血鬼的眷獸壓到頭上，志緒的人類之軀根本招架不住。

「斐川志緒──！」

紗矢華回頭大喊的模樣讓志緒覺得特別緩慢。原來她也會露出那種臉啊──彷彿事不關己的志緒冷靜看著急得表情變樣的紗矢華。

如果自己死了，唯里肯定會難過吧──志緒心想。這一點讓她十分不捨。

另一方面，志緒也體會到奇妙的既視感。

幾天前，她才像這樣差點沒命。

當時，名叫曉牙城的中年男子救了志緒。而這次——

「『雙角之深緋』——！」

「薔薇」眷獸隨著轟然巨響在志緒眼前消滅了。

敵人中了巨大雙角獸從旁發出的咆吼而灰飛煙滅。

「咦……！」

長著深緋色鬃毛的美麗眷獸現身保護了志緒她們。有異於「深淵薔薇」隨機喚出的不完美眷獸，魔力超凡強大的吸血鬼真祖眷獸。

「沒事吧！呃……妳是叫志緒對嗎？」

「曉、曉古城……」

穿著破爛連帽衣的少年從背後扶穩了差點倒地的志緒。一瞬間，志緒將那張臉看成了少年的父親，心慌地搖頭。

應該在休息的古城於千鈞一髮之際救了志緒。

雪菜把人帶離現場的短短期間內似乎發生過什麼，可以感覺到他那副理應疲憊不堪的身軀現在已經充滿了龐大的魔力。

「謝、謝謝，曉古城。讓你救了一命。」

「我才抱歉呢，什麼都要靠妳們。剩下的交給我吧！」

古城對志緒投以瀟灑笑容，然後戰意十足地看向頭上。

領會古城想法的深緋色雙角獸發出衝擊波咆吼，蹂躪那些「薔薇」眷獸，其威力遠勝於彼。只見滿天的「薔薇」眷獸在轉眼間數量銳減。

「紗矢華——！」

「抱歉，煌坂同學，我們回來晚了！」

接在古城後頭，雪菜和唯里帶著葛蓮妲回來了。

回頭看了她們的紗矢華覺得有些不對勁地蹙眉嘟噥。那兩個人散發的氣質和離開前有些不同，感覺衣服也有些凌亂。

「羽波唯里，妳的臉好紅，不要緊吧？而且妳眼睛濕濕的……雪菜也是……？」

「不、不要緊不要緊。我沒事。」

唯里一邊急著否定，一邊無意識地將手湊到自己的脖子。紗矢華看到那些舉動便恍然大悟。唯里等人的氣質之所以會改變，原因她心裡有數。

「曉古城，你該不會又——！」

「煌坂，找到施術者了！三點鐘方向，距離六千兩百！」

志緒語氣嚴肅地叫了想逼問古城的紗矢華。

忍下一口氣的紗矢華緊咬嘴脣，將心思放在志緒告訴她的方位。現在不是逼問古城他們的時候。

「──距離六千兩百？在海上？」

紗矢華用送出的式神當媒介，藉此對敵方施術者的位置進行靈視。

有座奇妙的島浮在那裡。雖然它和絃神島同樣是人工大地，但是大半面積都已經沉入海中，呈現新月般的扭曲樣態。

海面僅存的小塊土地上只蓋了接近倒毀的成排大樓。連人工島管理公社都棄置不顧的那塊地方宛如無人廢墟。離絃神島只有幾公里遠的海上存在著那樣詭異的城市。

「人工島的舊東南地區……廢棄區塊嗎……！」

「廢棄區塊？」

紗矢華反問愕然嘀咕的古城。古城用難以形容的複雜臉色點頭，那是交雜著悔恨及懷念的奇妙表情。

「絃神島第二十七號廢棄區塊。大約在九個月前才沉到海底的初期人工島舊址。」

「怎麼特地跑去那種地方……？」

紗矢華口氣納悶地說。古城卻自嘲似的淺淺笑了。那種態度像是在自責：為什麼沒能早點發現那一點？如果狄珊珀在最後要現身，除了那個地方別無可能──古城明知如此。

「我們走吧，學長。」

雪菜站到古城旁邊叫了他。古城差點答應，卻又露出疑惑的表情停下動作。

「就算要去，我們該怎麼到那裡……？」

不知所措的古城看向廢棄地區。以往蓋在絃神島本島和廢棄地區間的聯絡橋不復存在。到廢棄地區的交通手段只有船。

話雖如此，即使想雇渡船，古城也不認為能湊巧找到想去廢棄地區(那種地方)的船主。絃神島光是目前就已經極度混亂了。

「妳還能飛嗎，葛蓮妲？」

唯里似乎不忍看古城那困窘的模樣，就問了龍族少女。

葛蓮妲則回答：「妲！」還一邊擺出莫名其妙的奮鬥架勢，一邊用力點頭。

「既、既然這樣，我也一起去——」

差點趕不上話題的紗矢華連忙強調本身存在。志緒打斷了她。

「等一下，煌坂！」

「怎樣！妳有意見——」

反射性想回嘴的紗矢華看見志緒的臉，又把話吞了回去。

志緒仰望著頭頂，正戰慄似的發抖。

籠罩絃神島上空的魔法陣起了異樣變化。

薔薇的所有花瓣都謝了，還變成四顆球體。

那是巨大的種子。「深淵薔薇」的最終形態。綻放的深紅花瓣凋謝，生出了新的種子。為數眾多的「薔薇」眷獸被四顆種子奪走魔力，枯萎似的陸續消滅了。四顆種子的魔力含量已經超出紗矢華等人能理解的規模。

內含異常大量魔力的種子裂開了。

打破魔法陣外殼現身的是四頭猛獸。

一頭有如猛禽，一頭有如鱷魚，還有一頭長得像龍，最後一頭則酷似老虎。全長都超過二十公尺的巨大怪物，它們和吸血鬼眷獸一樣屬於濃密魔力的聚合體。

「四聖獸……！」

雪菜抬頭望著猛獸們的身影驚呼。陌生的字眼讓古城皺眉。

「那是什麼玩意？」

「它們是司掌天上四方的四頭幻獸──被視為風水術中的力量象徵。」

「我記得絃神島原本就是對應四神打造出來的都市，對不對……？」

紗矢華用畏懼似的聲音嘀咕。

東南西北──絃神島之所以會由四座超大型浮體構造物構築而成，據說就是應用了風

水術以求人工島安定。千賀毅人身為卓越的風水術士，對此不可能毫無所知。而且「深淵薔薇」的術式正是在千賀協助下誕生的產物。

「假如是利用人工島的構造讓那四頭聖獸具現成形，它們會比真祖的眷獸更像怪物，照理說也能毀滅絃神島本身！」

「這傢伙就是深淵之陷的壓軸王牌嗎……！」

古城生厭似的嘆氣。即使和以往經歷過的相比，這仍是極端絕望的狀況。

「做好覺悟了吧，斐川志緒。」

「我才要問妳，應該曉得怎麼做吧？」

互瞪的紗矢華和志緒各自舉起西洋弓。

志緒瞥了唯里一眼。

「由我們爭取時間。唯里妳帶曉古城他們過去。」

「嗯，我明白了。葛蓮妲，拜託妳！」

「妲！」

葛蓮妲收到唯里的命令，豪邁地脫掉了身上的衣服。

鐵灰色龍族現身後，隨即載著古城等人飛向天際。

8

子彈將柏油路面打凹了。

反物資步槍的精密射擊穿過馬路護欄的些微縫隙。矢瀨被子彈碎片打中，跌了一大跤。

「好痛！」

「基、基樹！你沒事吧……？」

趴在建築物死角的淺蔥想回到矢瀨身邊。別過來——矢瀨用手勢將她趕走，然後露出天不怕地不怕的笑容。

「有碎片飛來而已。別擔心。」

矢瀨壓著淌血的腳踝，視線朝向道路另一側。

絃神島上空有數量驚人的眷獸在作亂，地上反而恢復安靜了。因為原本失控的登錄魔族幾乎都不醒人事。

魔法陣召喚出的成群眷獸，有古城和獅子王機關的人幫忙頂著。可是，勢均力敵的局面應該撐不久。除非能解除魔族登錄證遭受的駭客攻擊，否則深淵之陷的攻勢將永無止盡。

「不講那些了，淺蔥。妳跑一百公尺的時間是多少？」

「一百公尺？」

矢瀨突兀的問題讓淺蔥露出吃驚似的表情。

「春天測跑步的時候，我記得差不多十三秒整。」

「沒穿釘鞋就那麼快啊……妳身上真的有一堆高到浪費的才能耶。」

跟田徑隊差不多了嘛——矢瀨傻眼地嘆氣。

聽了難免不爽的淺蔥瞪著他說：

「怎樣？拜託你喔，現在是找我碴的時候嗎？」

「抱歉抱歉。不扯那些，下個路口再過去的正前方有棟白色大樓，妳認得吧？」

「右邊那棟蓋得亂高的對不對？」

淺蔥抬頭確認建築物的入口。那是設有人工島管理公社辦事處的大樓。

「那裡有直達基石之門的地下通路，為了防備這種緊急狀況才蓋的祕道。在公社也只有一部分的人曉得。」

「表示只要逃去那裡，就沒有被狙擊的危險了？」

『嗯，對啊。』

矢瀨得意地挑眉，摩怪則淡然回答。

『只不過，問題在於穿越路口的這段路，會被狙擊手看得一清二楚。靠小姐的腳程也要七秒多吧。我不覺得那個狙擊手會放過妳。』

「七秒……」

淺蔥發出吞口水的聲音。

單向二線車道的路口沒有任何地方可以躲。全力奔跑的高中女生會是不錯的狙擊活靶。雖然附近停了幾輛被駕駛者棄置的車，不過憑那挺反物資步槍的威力，八成能將小客車的車身像紙張一樣射穿。

「沒有其他路嗎？」

「倒不是沒有，可是繞遠路會正中對方下懷吧。再說也沒時間了。」

矢瀨望著上空的魔法陣，無奈地搖了搖頭。

上百頭眷獸在不知不覺中消失了。取而代之的是四顆巨大球體。雖然具體影響不明，但可以知道有不好的事情正在發生。

「所以嘍，麻煩妳在我打完信號以後就跑。到地下室以後，摩怪應該曉得接下來的路要怎麼走。抵達『C』之後，剩下的就交給妳了。」

「我懂是懂……那你要怎麼辦？」

「我先當誘餌，吸引狙擊手的注意力。畢竟我的腳都這樣了。」

矢瀨用輕浮的口氣說完就指了自己的腳踝。

唔——淺蔥看見沾滿鮮血的傷口，害怕地倒抽一口氣。無論怎麼看，那都不是只被飛來的碎片打中的傷勢，傷口甚至深及骨頭。

「基樹……你該不會被射中了吧……！」

「擦到而已，用不著擔心。妳還不如趕快準備。摩怪，麻煩你支援淺蔥。」

矢瀨不給淺蔥反駁的時間。

淺蔥長嘆一聲，然後默默地放低姿勢預備。雖然穿的不是好跑步的鞋，但她不介意。淺蔥只把心思放在全力跑過路口。

『咯咯，交給我吧。倒數要開始嘍——』

摩怪開始讀秒。矢瀨從口袋裡拿出了膠囊藥劑，含進嘴裡咬碎。淺蔥則靜靜地閉眼調整呼吸。

命運的一瞬隨即來到。

9

深淵之陷的狙擊手——卡莉是個獸人，力量極弱的獸人。

她既無法完全化成人類樣貌，也無法變成野獸的姿態。即使試著留長頭髮，類似小狗的獸耳也不可能躲得了別人的眼睛。

卡莉力氣的極限和敏捷度，大約是常人的三到五倍，以獸人種族來說格外軟弱。只要經過相當程度的鍛鍊，常人男性就算力氣比卡莉大也不稀奇。

由於肉體孱弱，卡莉從小就飽受虐待。她被識為無能，遭受到暴力。無論在人類社會或魔族共同體，卡莉往往是孤獨的異類。

即使來到「魔族特區」，她的遭遇依舊沒變。

當卡莉被親生父母放棄，只能挨餓受凍等死的那個時候——狄珊珀收留了她。

成為深淵之陷一分子的卡莉從千賀身上學到了狙擊的技術。

諷刺的是，她的肉體天生具備擔任狙擊手的才能。

承受得住反物資步槍後座力的力氣，還有操控人類武器的纖細心思——卡莉身為孱弱獸人的特質，就位在最適合當狙擊手的均衡點上。聽覺、嗅覺、夜視能力等獸人獨具的傑出五感，也都是狙擊手的強大武器。

卡莉立刻就超越千賀，成了深淵之陷最強的狙擊手。

她對殺人並沒有罪惡感。

因為狙擊是卡莉生下來頭一次獲得的存在意義。

卡莉對深淵之陷的目的不感興趣，對「魔族特區」也沒有仇恨。

她只是為了取悅狄珊珀而殺人。

為了得到與狄珊珀同一陣線的證明，卡莉就會繼續狙擊。然而——

「為什麼……！」

藍羽淺蔥躲開了卡莉發射的子彈。

那是利用馬路護欄的些微縫隙進行的精密射擊。角度與時間點全按照她的計算。理應避無可避的一槍，可是卻沒有打中藍羽淺蔥。

因為藍羽淺蔥旁邊的少年驚險地守護了她。彷彿能將卡莉要做什麼全看穿的身手。

少年恐怕也不是尋常的人類，他用了某種能力。咒術、魔法或者靈視一類的超感官。無論如何，那種能力似乎並沒有強到能夠妨礙卡莉狙擊。

卡莉換了步槍彈匣，裝彈數五發。那是她帶來的最後一塊彈匣。不過卡莉並不焦急，還剩一發就夠了。因為只要用那一發打中目標，到時候就是她贏。

就算用掉剩下的所有彈藥，也要將藍羽淺蔥確實收拾——卡莉冷靜地這麼想。

「來了……」

在口中咕噥的卡莉再度擺出臥射姿勢。

藍羽淺蔥穿越了道路，正打算衝進前方的大樓。連人行道算進去，道路的寬度約三十公尺。可狙擊的時間應該有五六秒，對卡莉來說是遊刃有餘的時間。只要她有意，時間甚至足以讓她把剩下的子彈全部發射出去。

卡莉並非靠理論，而是用直覺來捕捉獵物的動靜。

最先衝出的是和藍羽淺蔥一起的少年。顯然是佯動，誘餌。卡莉連手指都沒有放到扳機上。呼吸沒亂的她就等藍羽淺蔥出現。於是——

「唔——！」

當藍羽淺蔥衝到路口的瞬間，卡莉有了些許動搖。她隔著瞄準器所見的視野裡，被眩目閃光照到了。

被棄置在路口的幾台小客車——它們的車頭燈同時閃爍起來了。完全出乎意料的光芒讓卡莉分心。

「車燈……！」

搭載遙控鎖功能的小客車即使是從車外也可以操縱車燈。有人利用這項功能來阻礙卡莉狙擊。

雖然單純是擾人耳目的花招，不過要擾亂狙擊手還算有效。

卡莉花了兩秒左右才掌握情況。淺蔥已經抵達路口中間附近了。但即使如此，卡莉的優

勢仍不受動搖。

穿制服奔跑的少女背影，被卡莉精確地瞄準。

放在扳機上的指頭稍微使了力。

瞬時間——

『別想得逞……！』

狂風隨著撕裂大氣的吼聲朝卡莉席捲而來。

卡莉的身體被吹得打滾。她發射的子彈嚴重偏離目標，彈射於路面。

啞口無言的卡莉起身以後，看見了空氣折射下創造的奇妙人影。

那道人影的輪廓和保護藍羽淺蔥的少年樣貌十分相像。

「大氣精靈(Air-Elemental)？不，生靈(Wraith)嗎！憑那種玩意就想對付我——」

卡莉從腰際的槍套拔出武器。護身用預備武器(Side-arm)，大口徑自動手槍。重視壓制力更甚貫穿力的子彈將氣壓塑成的少年分身粉碎了，其衝擊應該會透過分身的肉體逆流至施術者本尊。

可是，少年的分身沒有停下。

「什麼！只要摧毀分身，施術者應該也會受到相應的傷勢——可是……怎麼會這樣！」

以驚人的速度再生的狂風團又朝卡莉展開攻擊。卡莉一邊對抗其衝擊，一邊亂射剩下的子彈。

頭部、腹部，還有心臟。她將想得到的要害都轟爛了。

狂風團還想戰鬥，卻已經無力維持人類的外形。它朝卡莉伸手，接著就雲消霧散了。

「解決了……繼續執行暗殺。」

卡莉再次捧起步槍。藍羽淺蔥早就逃進目的地大樓，已經不可能狙擊了。卡莉所剩的選項只有追蹤對方，並且親自下殺手。

然而，準備下樓的卡莉耳邊卻傳來亡靈般的低沉細語聲。

『還沒完……！』

「咦！」

強烈衝擊從旁掃來，使得卡莉腳步踉蹌。應該已經摧毀的狂風團又變成了少年形貌，並且朝卡莉痛毆。

反作用力讓卡莉那挺沉重的反物資步槍離手。槍落在頂樓邊緣，然後直接掉了下去。

「我的槍……！」

卡莉立刻挺身想抓住步槍。

對卡莉來說，那挺步槍是她和深淵之陷的羈絆象徵。萬一失去槍，她和狄珊珀之間就會斷了聯繫。那種恐懼讓卡莉失去了冷靜。致命性的破綻。

『喔喔喔喔喔喔喔——！』

暴風團用少年的聲音發出咆哮。少年豁盡餘力發出衝擊波，隱形風鎚朝卡莉重重搗下。

獸人少女在自己選為狙擊地點的大樓樓頂飄到了半空。

卡莉受到狂亂的大氣擺弄，連身體都無法保護。強風從高處颮下，將毫無防備的她砸到地面上。

嬌小身軀在地面反彈。

咳嗽的她從脣裡冒出鮮血。

摔壞而零件散落一地的反物資步槍就掉在她旁邊。少女拚命往步槍伸出手，最後就力竭似的停住不動了。

「……對不起，狄珊珀……我……在這種地方失手了……！」

連全身痛楚都忘記的卡莉無力地嘀咕。

旋風掃過她的頭上，逐漸消失了。

10

倒在人行道一角的矢瀨基樹正不停嘔吐。他的嘔吐物被鮮血染成了紅色。那是

「重氣流軀（Aerodyne）」遭破壞導致傷害逆流，還有過度攝取能力增幅劑（Overdose Booster）所致。

「看來這次藥量實在重了點。整個人都頭昏眼花啦……」

隨口嘀咕的矢瀨倒在地上。雖然體力已經消耗得無法動彈，如今他也無所謂了。

矢瀨打倒了深淵之陷的狙擊手，淺蔥早已趕往基石之門。他設法保住淺蔥了。矢瀨對此並不覺得自豪。與其說有成就感，完成最低義務的安心感還比較強。

矢瀨對淺蔥如此照顧，可以說是他從幼稚園養成的習性。真是個讓人操心的童年玩伴——他邊想邊露出沾滿血的苦笑。

有道人影搖搖晃晃地朝這樣的矢瀨走了過來。

氣質中性的少年人工生命體。

他的身影會顯得蹣跚，是四周有蜃景搖曳的關係。引火能力催發的高溫空氣正圍繞著少年全身。

「就是你嗎……？」

人工生命體少年對矢瀨投以殺氣騰騰的目光。

矢瀨面無表情地看了對方。他單純是聽不懂少年所問的意思。

「就是你幹掉卡莉的嗎！」

少年又問。矢瀨無意識地笑了出來。他終於發覺少年的真面目了。

深淵之陷的引火能力者——將矢瀨的父親連同地下停車場一起炸掉的炸彈魔。對矢瀨來說，他是殺父仇人。而對他來說，矢瀨則是殺害同伴的仇人。「魔族特區」破壞集團的一分子，還有「魔族特區」飼養的密探——無論形式為何，雙方之間的關係就是一碰上便只能鬥個你死我活。

而且，矢瀨現在沒有能力和對方交手。

他連站起來的力氣都不剩了。

「抱歉，剩下的交給你了……別惹哭我的童年玩伴喔，古城……」

矢瀨自言自語似的低聲叫了好友的名字，然後慵懶地閉上眼睛。

灼熱火焰正在少年伸出的手掌上翻騰。被當成軍用兵器創造出來的人工生命體火焰。憑矢瀨的身軀八成一瞬間就會變成黑炭。

即使面對毫無抵抗的人，少年似乎也不打算手下留情。

少年朝矢瀨解放了達到臨界的火團——

然而，預料中的衝擊和痛楚卻沒有撲向矢瀨。

「唔……？」

矢瀨微微睜開眼睛。映在他眼裡的是羽翼。綻放虹彩的巨大羽翼展翅保護矢瀨，擋下了少年的火焰。

「——幹活這麼拚命似乎不像你呢，矢瀨基樹。我要誇你一句。」

驚訝的矢瀨背後傳來了高傲嗓音。容貌宛如人偶的嬌小女性讓虛空產生漣漪似的起伏，然後憑空現身了。

南宮那月將蕾絲邊的陽傘轉了一圈，著地於現場。

「那月美眉……妳怎麼會知道要來這裡……？」

矢瀨一臉傻氣地叫了班導師的名字。

那月看似不悅地微微哼聲。

「街上有人那麼招搖地拿步槍亂轟，就算不想發現也會發現。對吧，亞絲塔露蒂。」

「我表示同意(Sure)。」

隨那月一起出現的少女人工生命體口氣恭敬地回答。

她穿的服裝是背後鏤空一大片的女僕裝。救了矢瀨一命的羽翼，就是從那塊瘦弱的背脊長出來的。蘊含龐大魔力的羽翼彷彿具有自我意志，可以隨心所欲地移動，並且攔下炸彈魔少年的火焰。

「你是叫洛基對吧？好了，接下來你有何打算？」

那月冷冷問道。

「只要你乖乖投降，招出千賀毅人的下落，我就不會虧待你喔。」

「誰甩妳——！」

發飆的洛基又放出火焰，可是結果一樣。亞絲塔露蒂的羽翼擋下火焰，直接將那撥到了安全的方向。

「沒得談嗎？那就不得已了——亞絲塔露蒂，這裡交給妳。」

那月語氣嚴肅地對人工生命體少女下令。

眼睛蕩漾著淡藍色彩的亞絲塔露蒂點頭領命。

「命令領受。」

瞬時間，亞絲塔露蒂的背後長出了新的羽翼。

不——那並非羽翼，而是手臂。比亞絲塔露蒂的身高還長的巨大眷獸手臂。

現身的眷獸將少女宿主納入體內，化成完整的人型。散發虹色光彩的人型眷獸樣貌。

「人工生命體召喚了眷獸……！」

洛基放出的火焰陸續撲向亞絲塔露蒂。

高熱融解了路面的柏油，電離的空氣引發劇烈爆炸。被眷獸包裹的亞絲塔露蒂卻依舊毫髮無傷，連防禦的動作都沒有。

亞絲塔露蒂的真面目是眷獸共生型人工生命實驗體——世上唯一讓眷獸寄宿在身體裡的人工生命體。物理攻擊對她的眷獸「薔薇的指尖（Rododaktylos）」不管用。少年的「引火能力」傷不了亞絲塔露蒂。

「為什麼！妳和我一樣是被當成兵器製造出來的實驗體，不是嗎！為什麼妳卻要替『魔族特區』賣命……！」

「我表示肯定，我和你是一樣的。」

亞絲塔露蒂認同了洛基說的話。她那缺乏抑揚頓挫的嗓音摻雜了一絲哀愁色彩。

「以前，我也曾經想要摧毀這座島。」

「這樣的話──」

「因為『他們』在當時阻止了我，我才能和原本會失去的一群重要的人認識。」

理應毫無感情的亞絲塔露蒂眼裡蘊含著強烈的意志光彩。那並不是對洛基感到憤怒或憐憫的情緒，而是打算拯救同類少年的堅強意志。

「因此，這次換成我來阻止你──執行(Execute)吧，『薔薇的指尖』。」

亞絲塔露蒂的眷獸揮拳招呼被火焰籠罩的少年人工生命體，少年嬌小的肉體一下子就被揍飛了。

「那是什麼鬼東西……可惡……」

癱倒在地的洛基就這樣停下動作了。

亞絲塔露蒂默默地一直低頭看著那樣的他。

11

狄珊珀正從冷清的廣場望著海。

以往，那塊地方應該是人多熱鬧的商業設施。殘留的流行裝飾和色彩繽紛的箱型車，都保有當時歡樂氣氛的餘韻。

不過，目前在廣場的只有狄珊珀。

廣場一角有堆積如山的垃圾，不會動的建築機械和汽車零件，電視、冰箱一類的家電製品。恐怕是人工島舊東南地區剛被廢棄時，被無情人們非法丟棄的東西。

那些廢棄物當中，有全新發電機、通訊器以及經過防水處理的大型電腦混在裡面運作。那些都是狄珊珀事先帶來藏到大型垃圾底下的。和電腦接在一起的網路纜線，有一部分是從菈恩圍在脖子上的圍巾延伸而出。

「『該隱的巫女』進入基石之門了。」

穿著厚重大衣的菈恩跪在地上，用缺乏起伏的嗓音這麼說。

菈恩可以透過脖子和背後的端子，讓大腦直接連上電腦網際網路。結果，她得到了普通技術人員比都不能比的駭客能力。駭入魔族登錄證也是靠她才辦到的。

不過，藍羽淺蔥的能力更勝於菈恩的「性能」。

「程式『深淵薔薇』的網路占有率下降至百分之七十七。目前已失去四千八百個魔族登錄證的反應。」

「這樣啊……居然連妳都攔不了，藍羽淺蔥真不簡單……」

狄珊珀一邊聽菈恩報告，一邊露出落寞微笑。

雖說是預料中的事，但藍羽淺蔥抵達基石之門讓戰況大幅改變了。魔族登錄證感染的病毒被驅除也只是時間問題。那會讓供予上空魔法陣的魔力中斷，導致四聖獸無法維持實體。

能否在那之前搶先摧毀紘神島——深淵之陷這場仗，正開始朝如此單純的領域收攏。

狄珊珀已經聯絡不到卡莉和洛基。暗殺藍羽淺蔥失敗了。

「我明白了，菈恩。已經夠了，妳快逃。剩下的靠我來就好。」

狄珊珀呼喚圍圍巾的少女。

可是，菈恩表情不變地微微搖頭。

「對不起。」

「菈恩……？」

「我逃不掉。我不想離開……感覺……好舒服……」

意識連在網路上的菈恩發出陶醉之語。她那模樣讓狄珊珀動搖了。「巫女」進入基石之門，使得「C」開始活性化了。

「C」不只搶回了魔族登錄證的操控權，還透過網路開始用它的意志汙染菈恩。

「不可以，菈恩！對方是掌握這整座人工島的怪物。就算是妳，也不可能承受那麼大的資訊流入腦中！」

狄珊珀抓著菈恩的肩膀猛晃。菈恩卻沒有反應。她蒼白的肌膚染上了薔薇色，視線也酩酊似的飄忽不定。

「這就是……『C』的記憶……好美……啊……啊啊……」

「菈恩！切斷連線，菈恩！」

狄珊珀大聲尖叫，她的手被眩目火花彈開了。流入的資訊超出大腦極限，讓菈恩的肉體處理不完，開始失控了。

「謝謝妳……狄珊珀……我……懂了……」

「等一下，菈恩！妳不可以去！菈恩！」

狄珊珀硬是扯掉了接在菈恩身上的網路纜線。

瞬時間，菈恩的肉體強烈抽筋，像是斷了線一樣當場倒下。

「對不起，菈恩……我最喜歡妳了。卡莉、洛基……還有大家……」

狄珊珀讓身體不停受折磨的少女躺了下來。她幫忙把亂掉的圍巾重新圍好，還溫柔地摸了摸頭髮。

「……菈恩的腦袋裡裝了比常人精細十六倍的神經回路。她藉此獲得了形同戰略級電腦的資訊處理能力。」

娓娓道來的狄珊珀並沒有打算說給誰聽。

儘管海風強勁，那聲音卻清晰得不可思議。

「當然，活人的腦袋不可能處理得了那麼龐大的資訊。光是細胞代謝，就會讓神經在轉眼間燒斷。因此，她被賦予了靠死靈魔法（Necromancy）活動的死者肉體。說起來，她差不多就像——大腦改造版的魔族科學怪人吧。」

狄珊珀悄悄地起身，然後回頭。她那散發虹彩光芒的金髮被風輕輕地吹得散了開來，火焰般輝亮的藍眼睛裡直直映出了一名少年。

「這樣的她希望毀滅自己長大的故鄉『魔族特區』，會是件奇怪的事嗎？你怎麼想呢，曉古城？」

「該下判斷的人不是我。」

少年像要斬斷迷惘似的靜靜開口。

長著翅膀的鐵灰色飛龍在冷清廣場降落了。是飛龍帶他來到這座被遺忘的廢墟人工島。

世界最強吸血鬼——第四真祖，曉古城。

「或許那些孩子的憤怒，都有正當的理由。或許就像千賀說的一樣，這座島會製造出大量的犧牲者。」

古城一邊說一邊仰望頭頂。「深淵薔薇」催生出的四頭聖獸籠罩著魔力之焰，正睥睨著絃神島。

四聖獸尚未完全化為實體，它們保有猛獸輪廓的部分約為七成。那是紗矢華和志緒發動咒術砲擊摧毀部分魔法陣，妨礙了四聖獸的召喚所致。

而且，「深淵薔薇」本身也開始慢慢消滅了。魔族登錄證的機能得到修復，從地上供給的魔力因而中斷。肯定是淺蔥下的手。

「可是，和你們想摧毀絃神島一樣，我也想保護在這座島上生活的人！所以我要阻止你們，深淵之陷！接下來，是屬於我的戰爭！」

「你說的那套道理，我不認同——！」

狄珊珀像在抗拒古城那些話似的大叫。

她背後浮現眷獸的身影。眷獸眼睛散發的魔力捕捉了古城的意識，古城的身軀蹣跚不穩。來自眷獸的心靈攻擊。強烈的意志不只想支配古城的肉體，更想支配第四真祖的眷獸——

耀眼的銀光一閃，斬斷了那股壓倒性的支配力。

「不，學長。這是我們的戰爭。」

手持銀槍的雪菜正站著保護古城。

在倉庫街那一戰已經得到證明。狄珊珀的攻擊對雪菜無效。因為雪菜的「雪霞狼」能讓眷獸的心靈支配能力失效。

「唔！」

領悟局面對己不利的狄珊珀朝非法遺棄的垃圾山伸手。以那為信號，設置在垃圾當中的術式啟動了。

垃圾山隨著地鳴般的震動隆起，被眾多金屬殘骸所覆的人型巨人出現。那是法奇門催生的魔像怪，千賀殺人的石兵。

理應沒有生命的魔像怪發出轟然咆吼。

全身披著金屬鎧甲的石兵使出了與龐然身軀不符的敏捷身手朝雪菜撲來。然而，那具金屬魔像怪的巨大手臂卻留下光滑切面，掉到了地上。

砍斷石兵手臂的並非雪菜，而是帶著銀色長劍的另一名劍巫。

「基、基本上，還有我們在喔……」

降落於古城他們前面的唯里客氣地說。像是在幫她加油的葛蓮妲則高舉拳頭吆喝：妲！

狄珊珀叫出來的石兵有四具。之前蹂躪特區警備隊的那些怪物被唯里一面倒地擊退了。

在唯里那把擁有模擬空間斷層能力的改良型六式降魔劍面前，金屬魔像怪的裝甲並無意義。

意料外的伏兵出現，讓失去王牌的狄珊珀愕然地杵著不動。

「結束了，狄珊珀。」

古城冷冷地瞪著她說。

狄珊珀則望著古城，海闊天空似的對他露出微笑。

「還沒完喔，曉古城！即使『深淵薔薇』謝了，還有召喚出來的四聖獸。我的同伴幫忙召喚了——摧毀絃神島的力量！」

「什麼……！」

狄珊珀讓眷獸釋出的魔力並沒有針對古城，而是朝著在上空待命的四聖獸。

目前四聖獸的召喚仍不完全。可是，就算化為實體的部分只有七成，四聖獸具備的魔力依舊龐大。只要它們盡情解放魔力，絃神島大概會受到毀滅性傷害。

不過，如今失去了「深淵薔薇」，深淵之陷不就沒有手段能操控四聖獸了嗎——當古城如此懷疑的瞬間。

「迅即到來，『磨羯之瞳晶（Dabih Krystalos）』——！」

狄珊珀徹底解放了自己的眷獸。

全長達十幾公尺的巨大眷獸。那是條長著銀水晶鱗片的美麗魚龍，前肢為半透明羽翼，狀似山羊的螺旋角亦為閃耀著光芒的水晶柱。

那頭眷獸身上的凶猛氣息，和古城的眷獸十分相像。無論是撼動大氣的存在感，還有魔力的密度都與第四真祖的眷獸完全同性質。

沒錯。狄珊珀的眷獸連身為世界最強吸血鬼的古城的眷獸都能支配。因為她的眷獸同樣是第四真祖的眷獸。

「第四真祖的眷獸嗎……果然是這麼回事……」

古城被狄珊珀越漸高漲的魔力所壓倒，嘴裡還一面嘀咕。

除了身為第四真祖正統繼承人的古城以外，還有人可以使喚第四真祖的眷獸。古城知道這一點，更知道她的真面目。

「在妳自稱狄珊珀的時候，我早該發現了。」

舉著銀槍備戰的雪菜說。

「在古羅馬，每年三月才是一年的開始——所以和現代曆法會有兩個月誤差的樣子。狄珊珀這個用來代表十二月的詞，則有『第十個月份』的意思。」

「第十個……第十號『焰光夜伯』嗎？」

古城用忍耐著痛苦般的聲音嘀咕。

第四真祖的真面目，是在遠古時代被造來當成「弒神兵器」的人工吸血鬼。在名為「聖殲」的戰爭時期過去以後，職責告終的第四真祖就被封印了。

害怕第四真祖復活的人們，還將第四真祖的十二頭眷獸各自封印於不同的地方。專為封印眷獸才創造的新型人造吸血鬼——名為「焰光夜伯」的十二個少女體內。

「妳和奧蘿菈一樣，是第四真祖的封印體對吧，狄珊珀……！」

「你真的什麼也不懂呢，曉古城。連自己是什麼人也不知道。」

呵呵——狄珊珀使壞似的笑了，用她那張和以往被稱為奧蘿菈·弗洛雷斯緹納的少女一模一樣的臉。

「或許吧。」

古城認同她說的話。在第四真祖復活的儀式裡，古城被奪走了大部分記憶。他到最後才察覺狄珊珀的真面目，也是肇因於此。

「我和第十二號(Dodekatos)不一樣，是在記都記不清楚的遙遠過去覺醒的。我大約在四十年前得知深淵之陷的存在，就加入他們消滅了三座『魔族特區』。我沒有被『焰光之宴』牽連，是因為當時我被第三真祖抓住的關係。」

「第三真祖……原來是嘉妲把妳藏起來的嗎……」

「藏起來……以結果而言是那樣沒錯。幸虧如此，我才能再見到菈恩他們。」

狄珊珀笑著垂下視線。除了她和尚未露面的第六號(Hektos)以外，其他封印體都在「焰光之宴」消滅了。被毀滅了這塊人工島舊東南地區的第四真祖復活儀式所牽連——

「我會被釋放是因為我把自己要來絃神島的事告訴第三真祖的關係。她很中意你喔，曉古城。我想我稍微了解理由在哪裡。」

「狄珊珀——妳的身體……」

嬌小少女的肉體被金色粒子包裹，開始逐步瓦解了。

有別於正常吸血鬼的霧化，她本身的存在正要灰飛煙滅。

「被編號(Numbered)的我們本身就是第四真祖的眷獸封印——封印一解，我們就只有消滅的份。我從來到這座島上的時候，就有走到這一步的覺悟了。要是『深淵薔薇』能徹底啟動，我也不用解開封印就是了。有點遺憾吧，我想。」

狄珊珀帶著開朗的表情笑了。接著，她自豪地指向頭上。

「我所封印——同時也代表我本身的第十眷獸『麿羯之瞳晶』，是司掌吸血鬼『魅惑』能力的眷獸。所以，我也能辦到這種事。」

出現在絃神島上空的四聖獸朝著狄珊珀聚集，彷彿要保護她。

四聖獸是把絃神島當成魔法裝置召喚出來的無宿主眷獸。如今失去了「深淵薔薇」，就沒有人能掌控它們才對。

狄珊珀的眷獸連這樣的四聖獸都能支配。

「假如你想保護絃神島，就打倒我吧。只要你能辦到，我就認同你是第四真祖！」

「等等，狄珊珀——！」

狄珊珀力竭似的當著想阻止她的古城面前倒下了。

代為行動的是被她用眷獸操控的四頭聖獸。

它們的攻擊目標是古城——不，是古城等人所在的人工島大地本身。憑四聖獸的魔力，光是用攻擊古城的餘波就可以摧毀絃神島。

「可惡！迅即到來，『甲殼之銀霧』——！」

古城召喚了自己的眷獸。巨大甲殼獸在銀色濃霧籠罩下迎戰其中一頭四聖獸——破海而來的漆黑巨鯊。

古城沒有留手的餘裕，敵人更不需要他放水。徹底解放的魔力聚合體相互衝突，使得早就快毀壞的人工島大地劇烈震盪。

想將甲殼獸啃碎的巨鯊下顎被魔力光芒照到，因而煙消霧散。比起未完整具現的四聖獸，古城的眷獸力量更強。

可是，狄珊珀支配的四聖獸不只一頭。

深紅猛禽從心思放在巨鯊上的古城背後吐出火焰。火焰變成了灼熱的火球，灑落在古城頭頂。

「改良型六式降魔劍——！」

唯里劃出劍弧，擋下四聖獸發出的火球。模擬空間斷層造出了屏障。屏障的持續時間只有短瞬。不過，時間已足以讓古城重整態勢。

得救了——古城用眼神這麼告訴唯里，然後獰猛地露出獠牙。

「迅即到來，『雙角之深緋』！」

古城召喚了深緋色雙角獸朝四聖獸中的猛禽突擊。猛禽被團團衝擊波迎面擊中，籠罩著火焰的翅膀四分五裂了。

然而眾人還來不及喘息，剩下兩頭四聖獸也開始降落了。純白的猛獸——白虎朝古城壓頂而來；龍神——青龍則衝著絃神島本島。

只要直擊人工島的中心地帶，就算只有一頭，四聖獸擁有的威力也足以讓整座絃神島沉沒。其他四聖獸都是伴攻。狄珊珀的目標從一開始就只有絃神島。

古城的攻擊被白虎擋著，無法攔下青龍。來不及——

當在場所有人都感到絕望的瞬間，有閃光從旁轟向龍神。

緊接著又是一道閃光。那是紗矢華和志緒的咒術砲擊。

就算號稱獅子王機關的制壓兵器，其力量要打倒四聖獸當然還是不足。即使如此，閃光仍有讓青龍畏縮片刻的效果。那正是改變絃神島命運的一瞬。

「『龍蛇之水銀』——！」

古城召喚了雙頭龍將停下動作的青龍脖子一口咬斷。來自能將空間削除的「次元吞噬者」的一擊。青龍還來不及哀號，龐然身軀就已經消滅了。

四聖獸只剩一頭。古城將蘊含魔力的右臂舉向逼到眼前的白虎。

「繼承焰光夜伯血脈之人，曉古城，在此解放汝的枷鎖——！」

白虎的巨大身軀彷彿被看不見的牆壁攔下了。古城釋出的龐大魔力硬是攔截了猛衝的白虎。巨量魔力的衝突令大氣發出厲響，青白電光充斥四周。

然而，古城唱誦的咒語就此中斷了。

古城似乎承受不住撲上全身的重壓，當場跪了下來。

性質有異於四聖獸的魔力對古城發動了攻擊。連第四真祖的魔法抗性都能凌駕的心靈攻擊——來自「麿羯之瞳晶」的心靈支配。狄珊珀的眷獸正在用「魅惑」之力妨礙古城召喚出眷獸。

不過，古城受了狄珊珀的心靈攻擊，卻還是持續釋出力量與白虎對抗。和倉庫街那一戰的時候不一樣。古城現在靠著壓倒性的支配力，徹底掌握了自己的眷獸。即使是狄珊珀的眷獸，也無法用能力打破他的支配。那是古城體內納入強大靈力——雪菜和唯里的血所帶來的效果。

「——狻猊之神子暨高神劍巫於此祀求！」

少女的凜然嗓音響遍為龐大魔力席捲的戰場上。

雪菜祭起發亮的銀槍疾奔。她的眼裡凝望著被銀水晶鱗片覆蓋的第四真祖眷獸。

「破魔的曙光，雪霞的神狼，速以鋼之神威助我伐滅惡神百鬼！」

連吸血鬼真祖都能誅殺的破魔靈槍，貫穿了狄珊珀的眷獸。

束縛古城全身的重壓消失，大氣中充滿青白色閃光。

「迅即到來，第五眷獸『獅子之黃金』！」

眷獸在黃金光芒包圍下現身於古城跟前。它的咆吼將最後一頭四聖獸瞬間粉碎，燒得連最後一片都不剩。

盤旋於絃神島上空的片段魔法陣在這次徹底消滅了。

人工島停止鳴動，涼爽海風洗清了遲滯的空氣。耀眼陽光照耀出古城等人的臉龐。古城厭煩地抬頭看了那陣無情的陽光，發出長長嘆息。

「學長！」

「古城！」

「姐！」

雪菜、唯里還有葛蓮妲趕到了搖搖晃晃的古城身邊。不用擔心——古城對臉色不安的她們慵懶地笑了笑。

古城拖著疲憊的身體站起來，然後緩緩前進。

他用視線對著的方向，有被金色霧氣包圍的少女身影。

對方看古城靠近，露出了空靈的微笑。

「是你贏了……古城……」

「狄珊珀——」

「古城，最後我有事想拜託你。麻煩你帶菈恩……還有卡莉和洛基他們到正當的研究機構。再這樣下去，那些孩子活不了多久……」

「……我明白了。」

一言為定——古城用力點頭。這些事用不著狄珊珀特地交代，古城不能讓他們就這樣死去。他們犯了太多的罪，要等那些人贖罪以後，再一次給他們機會。身為魔族而飽受欺凌的他們也該要有活得幸福的機會。

在絃神島應該就能辦到這一點。因為這座島是「魔族特區」——

「之前講好了，曉古城。我把第十眷獸的力量交給你。」

「等一下……狄珊珀……我並沒說要那種東西……」

古城捧起了少女逐漸淡化的嬌小身軀。他並不是為了奪走對方的力量才戰鬥的。他根本不希望對方消失。

然而，狄珊珀只是愉快似的瞇起眼睛。

「沒關係，你不用露出那麼哀傷的表情。因為我會一直留在你身邊……所以，趁我的意志還沒消失，讓我進入你體內——」

「狄珊珀……！」

狄珊珀放鬆了伸向古城臉頰的指頭。她的身影變成金色霧氣，從古城手中逐漸消失。

「曉古城……保護第十二號的奧蘿菈。因為……她是你的希望……」

那就是第十號「焰光夜伯」——狄珊珀的最後一句話。

雪菜等人無言地望著古城默默咬住嘴脣的背影。

12

「狄珊珀……消失了嗎……」

感受到四聖獸消滅的千賀毅人靜靜地發出嘀咕。

流動於絃神島四周的氣脈變回正常狀態了。「深淵薔薇」消滅，千賀的八卦陣也被破了。和第四真祖交手的狄珊珀落敗，應該可以想成她已經被曉古城吸收了才對。

卡莉、洛基還有菈恩也都確定敗陣了。深淵之陷輸了。

「更勝於四聖獸的第四真祖之力……世界最強吸血鬼的名號並非虛傳啊。但即使如此，深淵之陷還是會達成目的。妳說對吧，狄珊珀？」

嘀咕得彷彿在說給自己聽的千賀走下通道。

在那裡，擺著絃神島用來連接四座人工島的基石。過去洛坦陵奇亞的殲教師曾為了某種目的而襲擊的地方。只要摧毀那塊基石，絃神島就會毀於自己的重量。它就是絃神島最大的要害。

被嚴密封鎖的那個區塊，任何人都不能踏入其中。即使是擁有傑出空間操控能力的南宮那月也不可能擅自入侵。基石之門內部被牢固的防壁所覆，還設了好幾重防止外界入侵的結界。據說能解開結界的人只有絃神島的設計者絃神千羅，還有他的盟友——矢瀨顯重。

「不，這麼說來，另有一個人例外。」

「——唔！」

理應沒有人的通道忽然傳出聲音，嚇得千賀停下腳步。

聲音是從千賀前進的方向，也就是基石之門最下層傳來。

「紘神千羅是把封印術式發包給當時在歐洲大學任教的風水術權威——相當於你師父的人物。所以你當然也握有那份資料。對吧，千賀毅人。」

「怎麼可能……為什麼你會知道這裡……不對……」

千賀瞪著眼前現身的人影大吼。他無意識地拔出藏在身上的手槍。

有個目光銳利、身穿和服的男子看似愉快地看著千賀那副倉皇模樣。

男子的年紀差不多五十過半，個頭絕不算壯，威迫感卻驚人，身上氣質讓人聯想到中世紀的劍豪。

「你怎麼會活著，矢瀨顯重！」

千賀用嘶啞的聲音問。

站在那裡的，是理應被地下停車場的炸彈害得埋在瓦礫底下的男子。

人工島管理公社的名譽理事矢瀨顯重，對深淵之陷計畫會造成阻礙的人之一。

千賀不等矢瀨顯重回答就扣下了手槍扳機。

然而他射出的子彈卻在觸及對方身體前，就迸出火花彈開了。

彷彿全被看不見的透明刀刃打下——

「我懂了……你是……過度適應能力者……！」

察覺不可理喻的現象有何玄機的千賀板起面孔。矢瀨顯重的那股力量，其實就是不依靠魔法或咒術的先天性超能力。那種力量不必唱誦咒語，發動時間自然就不會遲延。他能在地下停車場存活，八成就是靠著超能力。

「封鎖絃神島，造成人工島管理公社混亂，並且肅清反對派勢力——你們實在是幫了大忙。我得感謝你。」

「什麼……？」

矢瀨顯重的嚴肅嗓音，讓千賀愕然得肩膀顫抖。眼前的男子在嘉獎千賀等人的努力。話中之意是得到的成果正如他所願。

「難不成……你從一開始就想利用我們……」

千賀話說到一半，腹部就竄出了火烤般的劇痛。矢瀨顯重那把「看不見的刀」發動了攻擊。身形不穩的千賀又遭到無數刀刃襲擊。

千賀當場濺血倒地。

「這樣所有的布局就完成了。辛勞你們了，深淵之陷。」

矢瀨顯重穿過了趴倒在地的千賀身旁，然後離去。

千賀一邊發出絕望的呻吟，一邊想朝對方的背影伸手。

「慢著，矢瀨顯重……你們就千方百計想要屠殺魔族嗎——咎神的後裔！」

矢瀨顯重不回答千賀的問題。千賀耳裡只聽見他遠去的腳步聲。

在因失血而淡出的意識中，千賀終於察覺了自己所犯的錯。深淵之陷的存在是個錯誤，

而且一切都已經太晚了。

「唔……唔喔喔喔喔喔喔喔喔喔——！」

無人通道響起千賀悲痛的慘叫。

那是宣告一切正要開始的慨嘆聲。

終章 Outro

那月抵達那裡時，一切都已經結束了。

特區警備隊的監視網終於從混亂中重振，檢測到基石之門內部狀況有異。為了逮住入侵者才會派那月過去。

於是，抵達現場的那月看見了千賀毅人渾身是血倒下的模樣。

「唷，那月……妳能活動了嗎……那太好了。」

千賀一邊痛苦地呼吸，一邊仰望那月說道。

那月面色不改地確認了他的傷勢。全身有無數撕裂傷和刺傷，傷口大多深及內臟，出血量早就超出危險值，還能保有意識都讓人覺得不可思議。鐵定是致命傷。

「你被誰傷的？」

那月並沒有問：你為何在這裡？來到基石之門最下層時，她就明白千賀打算做什麼了。問題是有人守候在此將他打倒這件事。

「問出來以後，現在的妳又能辦到什麼？」

千賀愉快似的笑著回答。

那月聽出他話中之意。傷害千賀的是那月動不了的人物——換句話說，對方是站在「魔族特區」為政者那一邊的人。為了不讓那月難受，千賀才刻意隱瞞敵人名字。

「你等著，我立刻將你送到醫院。」

「別管我。已經不必了。」

千賀拒絕那月的提議。即使靠「魔族特區」的醫療技術也救不了他——千賀自己明白這一點。

「除了第十號以外的深淵之陷成員都落網了。所有人傷勢雖重，但並無生命之虞。」

「是嗎？」

那月所說的情報讓千賀露出安心的表情。

「那麼不好意思，他們就麻煩妳了。我想妳大概也知道，那些傢伙只是被我當成道具利用罷了。他們本身並沒有罪過。」

「我會轉達你這些證詞。」

那月用公事公辦的口氣說了。那就好——千賀點頭。深淵之陷接受審判時，千賀的證詞應該會對他那些活下來的同伴有利。先不論千賀替同伴著想的心是否真切。

「十五年前——妳單槍匹馬報完仇，然後從我們面前消失時，我感到很失望。不過現在回想起來，妳才是對的。」

千賀看似懷念地咕噥。

他咳嗽的嘴裡掉下一團血。通道開始瀰漫死亡的氣味。

「我靠著教小鬼頭殺人的技術來依存他們。這大概算互相依存吧。妳就是察覺了這一點，那月。」

千賀從外套領口拿出了一塊小小的晶片——用來儲存資料的微型記憶體。他用染血發抖的手指把那遞給那月。

「妳的學生本著自己的意志，選擇要保護『魔族特區』……那樣的判斷固然愚蠢，但是對我而言有些耀眼。看來妳碰上了一群好學生。」

「……這是？」

「贏家自然要有戰利品吧？要怎麼使用那裡面的東西，由妳來決定。」

千賀確認那月收下晶片就靜靜閉上眼睛了。他的嘴角露出了微笑。

「明明敗了，心情卻不差……幸好……是你們……阻止了我……」

千賀放鬆了身體。那月面無表情地望著他。

「再見了，老師。」

令空間蕩漾如漣漪的那月消失身影。

陰暗無人的通道只剩血泊留下的痕跡。

†

頭上有整片開闊的蒼穹，「魔族特區」裡眼熟的藍天。

原本滿布天空的深紅魔法陣消失無蹤，出現的四聖獸也不見蹤影。獅子王機關「三聖」和深淵之陷展開行動時一樣，理應會摧毀絃神島的那些人，在不知不覺中就忽然宣告結束攻擊了。恐怕是曉古城及其友人的功勞吧。

閑古詠被埋在燒焦的瓦礫當中，茫然地仰望那片天空。

她什麼也沒辦到。

一切的一切，都在古詠未能觸及的地方結束了。

「我……得救了嗎……？」

古詠無助嘀咕的嗓音裡，夾雜著藏不住的痛楚。肋骨斷了幾成，內臟應該也有受創。光是挪動身體，右腳和左臂就冒出劇痛。古詠的制服破得稀爛，白色布料因出血而染紅。

即使如此古詠仍勉強活了下來。

古詠周圍有燒焦的鋼筋殘骸滾落在地，空氣裡充斥樹脂的焦臭味。那是來自衛星軌道的空對地雷射砲留下的痕跡。

至於她倒下的地點，則是人工島北區第二層——
人工大地的地下。
「妳靠攻擊自己躲過了雷射的直擊嗎？不愧是『寂靜破除者』。」
無法動彈的古詠耳裡聽見了口氣像在作戲的男性嗓音。
陽光中浮現的輪廓，是貴族青年的修長人影。低頭看著古詠的他頭頂上有雷射砲打穿的破壞痕跡，地層被開了大孔。
古詠在領悟自己躲不過雷射衛星砲擊的瞬間，就發動了名為「寂靜破除」的能力——絕對先制攻擊權。
攻擊目標是古詠腳下的地面，還有她自己。
遇上絃神冥駕的地點在人工島北區雖屬巧合，但是以結果來說那救了古詠。屬於研究所街的北區在絃神市裡，是唯一具備廣闊地下空間且有分層結構的街區。
古詠的「寂靜破除」並不是可以在停止的時間中活動的能力。即使古詠在不存在的時間中對他人發動攻擊，她也無法移動本身的肉體。正因為如此，曉古城和絃神冥駕才會選擇兩敗俱傷的戰法。
可是，其規則也有例外。那就是古詠攻擊「她自己」的時候。
雷射砲射下來時，古詠早就不在衛星的瞄準範圍裡面了。因為古詠的肉體已經靠著絕對

先制攻擊能力，被打入大地所開的孔穴底部了。

古詠全身所負的傷勢，都是她對自己發動攻擊還有墜落時造成的。

於是她活下來了。藉著並不算小的代價交換而來。

「迪米特列……瓦特拉……」

傷痕累累的古詠全身毫無防備地叫了貴族青年的名字。

古詠現在沒有能力對付瓦特拉。用不著對方出手，她就快要沒命了。

即使如此古詠仍不恐懼。只有一個疑問支配著她的心思。

「你為什麼——」

始終撒手保持旁觀？古詠問道。「魔族特區」破壞集團深淵之陷他們召喚出了四聖獸，還有第十號「焰光夜伯」——

即使在身為戰鬥狂(Battle Mania)的瓦特拉看來，對方也有一戰的價值才對。

可是，瓦特拉卻到最後都沒有出手。

古詠對此感到疑問。

「我在等時機到來啊。」

貴族青年的回答單純有力。

古詠光聽那句就參透了一切。

瓦特拉並非不戰，他只是在等。等待戰鬥安排好，等他要戰的強敵獲得與其相應的力量。

「這樣一來，就有十頭了……好啦，差不多可以開始了，『寂靜破除者』。」

迪米特列・瓦特拉——「戰王領域」的貴族仰望天空並露出俊俏笑容。

古詠聽了他的話，感覺到一絲絕望。

開始了。沒錯，要開始了，在這座「魔族特區」。

宴席將會再續——

✝

來廢棄地區接古城他們的是特區警備隊的警備艇。那是紗矢華等人透過獅子王機關幫忙安排的。

起初鬧哄哄的葛蓮妲，目前已經在唯里大腿上睡著了。這也難怪，畢竟葛蓮妲是名符其實地「飛」快趕來的，她果然也累了。

離四聖獸被消滅大約只過了三小時。不過，感覺街上已經恢復平靜。

雖然建築物損害甚鉅，傷患卻意外地少。與其說是都市的安全性優異，倒不如說是市民避難的因應措施異常迅速正確的關係。他們對這種程度的緊急狀況都見怪不怪了。因為他們是絃神島的居民——住在「魔族特區」的民眾。

「受不了……終於可以回絃神島了……」

古城從海上仰望著絃神島那副景象，嘴裡慵懶地唸唸有詞。警備艇抵達港口了。

頭一個被搬到附拘束器的擔架上然後抬走的是菈恩。

不省人事的菈恩依舊昏睡著。她的肉體本身並無異常，似乎處在不停作夢的狀態。原因大概是透過網路接觸到的龐大「資訊」——這是雪菜等人對她進行靈視後所做的診斷。

「之後那些傢伙會變得怎樣？」

古城目送閉著眼睛的菈恩，並發出長長嘆息。

那些深淵之陷的成員都是本著自己的意志，打算摧毀絃神島。情況和無法違抗他人利用的亞絲塔露蒂或優麻打從基本上就不一樣。

何況深淵之陷是被國際通緝的重大罪犯，同時又是未登錄魔族。最糟的情況下，她們甚至有可能被送到位於異界的永久牢獄——「監獄結界」中永遠隔離。

「她們幾個的罪過固然不會消失，不過她們所處的環境還是有酌情考量的餘地。」

雪菜望著古城看似不安的臉龐，並且用一如往常的正經口氣告訴他。

「再說，所有絃神島的居民都是證人。和『伊魯瓦斯魔族特區』那時不一樣——」

「妳是指整件事不會被抹消，或者單方面處理掉嗎？」

「是的。」

雪菜對古城的嘀咕點頭。那確實是不壞的情報。

縱使是人工島管理公社，也不能擅自制裁菈恩等人。害她們在獄中被暗殺之類的事就更不會發生才對。

「我們也會透過獅子王機關拜託看看。畢竟表面上是靠著志緒和煌坂同學的活躍才鎮壓住四聖獸的，我想應該多少可以期待效果。」

唯里開口替古城打氣。古城微笑著看了她。

「那就幫了大忙啦。因為我不小心跟狄珊珀講好了。」

菈恩等人的著落，被狄珊珀託付給古城了。再說，古城也有其他關心她們的理由。

千賀毅人和狄珊珀說過，絃神島的存在會造成眾多犧牲。

只有她們知道其理由。狄珊珀寧可冒著自我消滅的危險也要摧毀絃神島的理由——古城非得把那問出來才可以。他必須向菈恩等人問出來。

「好了，那我們也下船吧。起來嘍，葛蓮妲。我們到啦。」

為了下船，古城想叫醒睡著的葛蓮妲。

葛蓮妲帶著睡迷糊的表情，茫茫然地抬起臉，搖了搖頭。跟著打算站起來的唯里則一個不穩失去了平衡。

哇──差點跌倒的唯里被旁邊的古城接住了。

「沒事吧，唯里？」

「古、古城？對不起喔，我的腿稍微麻掉了。」

「腿？啊……」

原來如此──古城理解了她的意思。大概是因為唯里長時間用腿枕著葛蓮妲，所以感覺都麻痺了。

「我明白了。那妳暫時別動。」

「咦？古城……？」

古城把手繞到愣著的唯里背後，把她抱了起來。所謂公主抱就是這種狀態。在旁邊看著的雪菜睜大了眼睛驚呼：「學長？」

「古城？你、你做什麼……？」

「我先把妳抬上岸吧。這艘船搖得滿厲害，腿沒辦法用力會有危險吧。啊，要是妳排斥那就算了。」

「我、我想我不排斥……吧。嚇了一跳而已。不過，這樣好嗎？」

唯里用手勾著古城的脖子，還頻頻瞄向他背後的雪菜。雪菜繃著一張顯然不高興的臉，眼睛直瞪著古城。古城卻沒發覺。

「畢竟這次受了妳照顧。抱歉。我硬是對妳做出那種事……」

「唔、唔嗯。事態緊急嘛，沒辦法。」

唯里紅著臉搖頭。古城在她頸子留下的傷痕幾乎已經不見了，只剩像吻痕一樣的紅斑隱約留在上面。

「不過，我希望下次可以溫柔一點。今天是第一次，感覺有點恐怖。」

唯里用講悄悄話的音量說。她恐怕沒發覺自己自言自語講出了聲音。

「下次……？」古城忍不住反問。

「下次……？」雪菜蹙眉。

於是，有道充滿殺意的銀光「咻」地穿過了偏頭的古城耳邊。

「——呃，唔喔！」

古城短短地叫出聲音，而且整個人結凍似的停下動作。金屬製咒箭扎在船身外殼，沉沉地發出了「兜」的一聲。

放箭的人是手持銀色西洋弓的短髮少女。叉腿站在碼頭上的斐川志緒正瞪向捧著唯里的古城。

「第四真祖！你對唯里做了什麼？你這禽獸！」

「志、志緒？」

驚訝的唯里身後多了個翩然著地的人影。

煌坂紗矢華將長長馬尾一甩，用長劍的劍鋒指著古城。

「曉古城～……難不成你讓我們去作戰，自己卻偷偷摸摸地在背地裡做那些淫穢的事情……！」

「煌坂同學……？等一下，不是的，那是因為——」

「妳讓開，羽波唯里！這樣我砍不到那個變態！」

「等等，煌坂。最後一擊交給我！」

「不可以啦，志緒。我又沒有排斥，再說也不是那麼痛——」

唯里倉皇間講出的藉口，讓志緒和紗矢華更加火大了。

不太清楚狀況的葛蓮姐則興高采烈地叫著：姐～～姐～～！

「姬柊，拜託妳，幫我跟她們解釋這件事。」

被逼急的古城向雪菜求救了。他吸了唯里的血固然是事實，不過那是為了對抗狄珊珀的心靈支配才不得已做出的選擇。而且向古城提議那個方法的不是別人，正是雪菜。

然而，雪菜卻冷冷地用白眼看著將唯里抱起的古城，然後嘆氣說：

「我不管。」

「喂！」

「——反正，我不過是監視者。你只需要像那樣關心其他女生就夠了，笨學長！」

「什麼跟什麼啊！」

古城懷著「我做了什麼錯事」的絕望心情，望向不知為何芳心不悅的雪菜。

志緒和紗矢華的怒罵聲響起，唯里則拚命安撫她們倆。古城一邊聽著葛蓮妲只顧看熱鬧的起鬨聲，一邊擺爛地仰望天空。

「饒了我吧……」

古城無力的嘀咕隨海風消逝了。

他覺得耳裡好像微微有聽見自稱狄珊珀的少女在笑。

†

基石之門第零層——

藍羽淺蔥正杵在取名為「C」的房間裡。

「不會吧……怎麼可能……」

瀰漫著寒氣的陰暗空間。淺蔥發出的氣息凝結成白色。

她的視線對著的方向有螺旋狀的廣闊空間。

整面牆上密密麻麻地刻著咒語般的成串奇妙文字。

「C」的牆面上，滿滿地崁著刻了陌生文字的古老石板。

以往不曾存在於人類歷史上的文字。

人類以外所留下的紀錄。記述，記憶，資訊——

「這就是『C』……該隱的（Cain's）……棺材（Coffin）……」

淺蔥用畏懼的嗓音嘀咕。

在施術者能憑意識改竄現實的魔法世界裡，資訊就是力量。

用不著拿式神、使役魔還有藉由鍊金術知識創造出來的人工生命體來舉例。

資訊能產出金錢，產出創造與破壞，產出生命，甚至產出神。

既然如此，封印在這個空間，理應不存在的這些情報會產出什麼？

假如有人能完全記憶、處理這龐大的資訊，那就是——

「摩怪……你……！」

藍羽淺蔥——被稱為「該隱巫女」的少女發出了尖叫。

刻在石板上的眾多文字彷彿對回音起了反應，開始淡淡發光。

黑暗中有聲音傳出。亂有人味的人工智慧好似在嘲弄什麼的笑聲。

咯咯……

後記

相隔四個月，好久不見。如同我在上集後記講好的，出刊步調又試著加快了一些（跩臉再現）。不過這次的進度實在吃緊。

《噬血狂襲》第十三集已向各位奉上。

這次的主題是回歸原點。上集、上上集的劇情發展都比較異類，因此在這一集的章節，我有盡可能意識到《噬血狂襲》的風格來下筆。比如舞台在人工島或魔族特區的特殊性；第四真祖存在的祕密；古城和雪菜各自面對過去的方式；矢瀨及那月的成長經歷這一類環節。還有個法則是淺蔥只要遇到倒楣事，大致上都會變得有《噬血狂襲》的風格……不管怎樣，若能讓各位讀得愉快便是甚幸。

來談談新角色的事情。這次登場的深淵之陷眾成員，我個人都非常中意，寫著寫著相當開心（同時也有點難受）。他們各別體現了人與魔族共存的世界中的負面面向，因此只要走錯一步，我想他們也有可能站在主角這一邊，如果可以，我還想多描寫他們的活躍場面，以及他們稀鬆平常度過的生活。面對他們提出的抉擇，古城和雪菜做出的答覆會在之後帶來何種結果？若各位能一起看到最後就太讓人高興了。

那麼，儘管消息早就發表，不過延續上次的ＴＶ動畫版，《噬血狂襲》決定製作新ＯＶＡ了。對於支持愛戴的各位實在是感激不盡。故事是完全新編的原創內容，我三雲也有稍加協助。包含新的廣播劇ＣＤ在內，還有各種延伸的內容正在規劃，還請各位多多指教。

此外在《月刊Comic電擊大王》也有漫畫版《噬血狂襲》正在連載，單行本目前已經出到第六集。夏音和拉．芙莉亞終於登場，簡直嗨到最高點（指我的情緒）。最新話在網路上也讀得到，請各位務必參考看看。負責改編漫畫的ＴＡＴＥ老師，我一直很感謝你。

還有負責插畫的マニャ子老師，這次在你百忙之中真的也受了許多照顧。尤其是這集的刊頭彩頁比平時更棒，我差點在現實中噴鼻血。哎，矢瀨也畫得好帥。

此外我也要向所有和製作、發行本書的相關人士致上由衷謝意。

當然，對於讀完本書的各位讀者，我也要致上最高的感謝。

那麼，希望我們能在下一集再見。

三雲岳斗